DIE BÜCHER MIT DEM BLAUEN BAND

Marlene Röder wurde 1983 in Mainz geboren. Nach einer Ausbildung zur Glasmalerin absolvierte sie ein Lehramtsstudium in Germanistik und Kunst. Schon als Jugendliche begann sie mit dem Schreiben. Ihr Debütroman »Im Fluss« wurde bereits vor Veröffentlichung mit dem »Hans-im-Glück-Preis« ausgezeichnet. Danach folgte ihr hoch gelobter Roman »Zebraland«, prämiert mit dem Evangelischen Buchpreis und dem Hans-Jörg-Martin-Preis, sowie ihr Erzählband »Melvin, mein Hund und die russischen Gurken«, ausgezeichnet mit dem Kranichsteiner Literaturstipendium. Marlene Röder arbeitet als Förderschullehrerin und Autorin und lebt in Düsseldorf.

Tilman Spreckelsen wurde 1967 in Kronberg/Ts. geboren. Er studierte Germanistik und Geschichte in Freiburg und arbeitet heute als Redakteur der Frankfurter Allgemeinen Sonntagszeitung. Tilman Spreckelsen ist Herausgeber der »Bücher mit dem blauen Band« bei Fischer.

Marlene Röder

Cache

 KJB

DIE BÜCHER MIT DEM BLAUEN BAND

Herausgegeben von Tilman Spreckelsen

Erschienen bei FISCHER KJB

© S. Fischer Verlag GmbH, Heddrichstr. 114,
Frankfurt am Main 2016
Lektorat: Alexandra Rak
Covergestaltung: Frauke Schneider
Satz: Pinkuin Satz und Datentechnik, Berlin
Druck und Bindung: CPI books GmbH, Leck
Printed in Germany
ISBN 978-3-7373-4026-7

Für alle, die auf der Suche sind

Cache   Lehnwort aus dem Englischen von *cache* → »Lager, Versteck«, übernommen aus dem Französischen *cache* → gleicher Bedeutung, in einer Ableitung zum Verb *cacher* → »verstecken, verbergen«

Wiktionary: Bedeutungserklärungen

Prolog

Spanien/
Freitag, 8 Uhr 20

»Krass, Alter«, sagt mein Kumpel Ben und betrachtet das rote Schloss, das ich in der Hand halte. *Max und Leyla* steht darauf eingraviert. Dann das Datum, an dem wir zusammengekommen sind.

»Mehr als ein Jahr! Und habt ihr schon ...?« Ben grinst und zieht bedeutungsvoll die Augenbrauen hoch. Hier sitzen wir und lassen die Beine ins kühle Wasser des Pools baumeln. Aber bei der Erinnerung an Leylas und mein erstes Mal glüht mein Gesicht.

Ich hatte Schiss, etwas falsch zu machen. Zum Glück war Leyla ziemlich locker. »Du musst hier nicht den perfekten Liebhaber spielen«, sagte sie, warf sich auf mich und kitzelte mich. »Sei einfach du selbst.«

»Klar, haben wir«, antworte ich lässig und verstecke das Schloss wieder unter meinem Handtuch, das neben mir am Beckenrand liegt. »Aber das ist privat, Mann. Guck paar Pornos, wenn du schmutzige Details willst.«

Leylas Lächeln, ganz nah. Ihr zarter Orangenduft, der an der Kuhle an ihrem Schlüsselbein am intensivsten ist. Die kleinen Geräusche, die sie macht und die nur ich hören darf.

»Willst du ihr das Schloss schenken, wenn wir vom Schwimmcamp zurück sind?«

Ich nicke. »Das ist der Plan.« Dann hängen Leyla und ich es zusammen an die Warschauer Brücke. Ich hab's nicht so mit Romantik, aber abends kann man von dort auf die Lichter der Stadt gucken. Ziemlich cool und inklusive Fernsehturm. Eigentlich ist das Anbringen von Liebesschlössern in Berlin verboten. Wahrscheinlich aus Stabilitätsgründen. An manchen Schlössern hängen schon kleinere mit dem Hochzeitsdatum oder den Namen und Geburtstagen der Kinder, die die Paare bekommen haben. Tausende von Liebesgeschichten. Es sollen schon Brücken unter dem Gewicht zusammengebrochen sein.

»Und was ist, wenn's schiefgeht?«, fragt Ben plötzlich ganz ernst. »Nimmt man sein Schloss dann wieder ab oder was?«

»Wie, was soll denn passieren?«, frage ich und runzele die Stirn. »Den Schlüssel wirft man gemeinsam von der Brücke. Das ist doch der Witz an der Sache. Für immer und so.«

»Aber was, wenn's schiefgeht?«, wiederholt Ben hartnäckig. »Schon kapiert, Leyla und du seid Hollywoods nächstes Traumpaar. Aber bei Normalsterblichen halt. Stell dir vor, du hängst da rum mit dem Namen von 'ner Tussi, die dir nichts mehr bedeutet oder die längst mit 'nem anderen was laufen hat. Was machst du dann?«

Ich bin ein bisschen sauer, weil Ben so blöde Fragen stellt. »Keine Ahnung. Die Brücke sprengen«, sage ich und schubse ihn in den Pool.

»Alter, du schreist wie ein Mädchen.« Ich lache. Aber nicht lange, denn Ben zieht an meinem Bein, und ich platsche neben ihm ins Wasser. Wir rangeln und tunken uns gegenseitig, dann klettert Ben aus dem Becken. »Ich chille noch 'ne Runde, bevor das Training losgeht.«

»Schönheitsschlaf, damit du auch mal eine abkriegst?«, witzele ich.

»Genau, du Idiot«, antwortet Ben freundlich und haut sich auf eine der Liegen.

Ich bleibe im Pool. Das Wasser fühlt sich gut an, es umschließt meinen Körper, macht ihn leicht. Ich kraule eine Bahn. Und noch eine. Die Außengeräusche dringen nur noch gedämpft an meine Ohren. Aber irgendwie geistern mir Bens Worte noch im Kopf rum. *Was ist, wenn's schiefgeht?* Noch eine Bahn. Das Bild von Tausenden weggeworfenen Schlüsseln, die unter einer Brücke verrosten, während die Paare längst getrennte Wege gehen. Ich schwimme schneller. Bis mein hämmernder Herzschlag, bis der Rhythmus meiner Bewegungen alle Gedanken verschluckt. Bis es endlich still wird in meinem Kopf.

Erst als Ben direkt vor mir eine Arschbombe macht, tauche ich auf. Ich paddele rüber zum Beckenrand, halte mich fest. Ringe nach Atem.

»Max, die Staffel ist erst nächsten Monat. Lass mal locker angehen«, sagt Ben neben mir. Ich höre seine Stimme nur undeutlich. An den Rändern meines Sichtfelds flimmern schwarze Flecken. »Nicht dass du wieder kotzen musst«, zieht Ben mich auf, aber er schaut besorgt.

»Mann, das ist ewig her«, schnaufe ich. »Und den Wettkampf habe ich gewonnen.«

Langsam trudeln die anderen ein, machen sich für das Training warm.

Was tue ich eigentlich hier? Nächstes Mal fahre ich mit Leyla weg. Irgendwo ans Meer, wo wir den ganzen Tag am Strand rumliegen und Wasserball spielen. Und wenn es bei ihr mit dem Geld knapp wird ... ich kann ja für sie mitsparen. Hätte ich auch mal früher drauf kommen können.

Mein Atem wird wieder ruhiger. Nur in meinen Ohren ist so ein dumpfes Rauschen. Man könnte meinen, das sei das Meer. Doch das, was ich da höre, ist nur das Blut, das in meinen Ohren dröhnt.

1
Leyla

Freiraum Friedrichshain/
Samstag, 18 Uhr 15

Leyla scrollt sich durch die Nachrichten, die Max ihr in den letzten zwei Wochen geschickt hat. Nur ab und zu ein paar Textzeilen, aber jeden Tag ein oder zwei Fotos. Selfies, auf denen er braungebrannt im Liegestuhl chillt. Selfies von Partys mit seinen Kumpels vom Schwimmteam. Max wie immer mittendrin. Alle schneiden Grimassen in die Kamera, auch einige Mädchen. Aber man erkennt trotzdem, dass sie hübsch sind.

Na, der macht sich ein Leben in Spanien.

Läuft bei dir, schreibt Leyla und hofft, dass Max die Ironie hinter ihren Worten erkennt.

Läuft, schreibt er zurück. Mit Smiley. Blödmann. Bei dem Smiley muss Leyla an Max' makelloses Lächeln denken, geformt vom jahrelangen sanften Druck einer Zahnspange.

Und bei dir, Leyla? Es kommt selten vor, dass er sie das fragt.

Esse mit Günay Sonnenblumenkerne, antwortet sie. *Aber die schmecken nicht.*

Morgen komme ich zurück. Bringe dir was mit, schreibt Max.

Was denn?, will Leyla wissen.

Überraschung. Er schickt ihr ein Foto von seiner Hand, die zur Faust geschlossen etwas zu verstecken scheint. Seine Finger sind kurz und wirken seltsam unbeholfen.

Wenn Leyla darüber nachdenkt, sind die Hände das Einzige an Max' Körper, das eindeutig nicht perfekt wirkt. Vielleicht mag sie sie deshalb so gerne. Max hat ihr mal erzählt, dass er als Kind Nägel gekaut hat. Nichts half, auch nicht die bittere Tinktur, die seine Mutter ihm auf die Nägel schmierte. Erst als er mit dem Schwimmen anfing, wurde es besser.

Leyla seufzt. Keine Ahnung, was das für eine Überraschung ist, aber sie hat auf jeden Fall auch eine für Max.

Wenn der wüsste.

2
Max

Schule/
Montag, 7 Uhr 35

»Wie waren die Herbstferien?«

»Sonne, Strand, heiße Spanierinnen im Bikini ...« Während ich mit meinen Kumpels quatsche, halte ich Ausschau nach Leyla.

In diesem Schulflur ist sie mir zum ersten Mal aufgefallen.

Ihre Klasse hatte Physik im Nachbarraum. Sie stand einfach rum und wartete auf den Lehrer, so wie alle anderen. Aber die Art, *wie* sie stand ... irgendwie lässig. Vielleicht war es dieses weite sonnengelbe T-Shirt, das sie immer trug. »Hat die das aus der Altkleidersammlung oder was?«, fragte einer meiner Kumpels.

Aber ich fand's irgendwie cool, genau wie das Mädchen, das in dem T-Shirt steckte. Die machte ihr Ding. Wenn sie jemand anquatschte, auf den sie keine Lust hatte, drehte sie sich einfach weg. Wenn sie aber Lust hatte, konzentrierte sie sich voll auf die andere Person und redete viel mit den Händen. Nur lachen tat sie selten.

Jedes Mal kam ich früher zum Physikraum. Jedes Mal wünschte ich mir mehr, derjenige zu sein, der das Mädchen mit dem sonnengelben T-Shirt zum Lachen brachte. Einmal, die Pause war erst halb rum, sah ich sie da stehen. Allein. Jetzt oder nie. Ich gab mir einen Arschtritt und ging zu ihr rüber. »Du siehst aus, als würdest du auf was warten.«

»Ach ja? Auf was warte ich denn, deiner Meinung nach?«, fragte sie und musterte mich. Ihre Augen waren so dunkel, dass ich die Pupillen nicht erkennen konnte.

»Auf mich vielleicht.« Ich hielt den Atem an.

»Ganz schön großes Ego.« Aber sie drehte sich nicht weg. Sie lachte.

Ein Jahr später kribbelt immer noch eine Art Stromschlag durch meinen Bauch, wenn ich Leyla den Gang entlangkommen sehe. Heute trägt sie einen knallgrünen Blazer zu stonewashed Slim-Jeans und ist wie immer sorgfältig geschminkt.

Gleich beginnt der Unterricht, sie ist spät dran. Leylas Schritte sind schnell, sie ist schon halb an mir vorbei. Anscheinend hat sie mich nicht bemerkt.

»Leyla!«, rufe ich und trete ihr in den Weg.

»Oh, hi, Max!«

Wir umarmen uns. Fühlt sich komisch an nach zwei Wochen. Der Orangenduft ihrer Haut ist so vertraut, doch mein Körper muss sich erst wieder an ihren erinnern, und ich weiß nicht richtig, wohin mit den Händen und ob ich sie jetzt küssen soll, wo meine Kumpels keine drei Meter entfernt stehen und glotzen.

Ehe ich mich entschieden habe, lässt Leyla mich auch schon wieder los und tritt ein paar Schritte zurück. »Wie war das Schwimmcamp?«, fragt sie.

»Gut«, antworte ich. Gefühlte tausend Mal besser, als mit meinen Eltern wegzufahren, die sich über den Frühstückstisch hinweg anschweigen. Mein Vater, hinter seiner Zeitung verschanzt. Meine Mutter, die mich bittet, ihr die Butter zu reichen, die direkt vor meinem Vater steht. Oh, Mann. Während ich in Spanien war, waren die beiden in Tirol. Ohne mich.

»Ich bin jetzt fit für die Staffel. Und das Meer war super.«

Ich habe am Strand gesessen, Fotos von dir auf dem Smartphone angeschaut und gewünscht, du wärst bei mir.

»Hätte dir auch gefallen«, sage ich.

»Hmm«, macht Leyla, und dann ist da so eine peinliche Pause.

»Hast du nach der Schule schon was vor? Wir können zu mir gehen«, schlage ich vor und ignoriere das anzügliche Pfeifen meiner Kumpels. »Schwimmtraining ist erst um sechzehn Uhr. Genügend Zeit, um dir dein Geschenk zu geben.«

»Viel Spaß beim Auspacken!«, ruft einer der Jungs.

Leyla ist rot geworden. »Danke ... aber nach der Sache mit den Vögeln ... eigentlich habe ich gar kein Geschenk verdient«, sagt sie, ohne mich anzusehen.

»Was? Klar hast du ein Geschenk verdient!«

»Okay. Und ... Max?«

»Ja?«

»Bis später dann.«

3
Leyla

Oma Gretes Wohnung/
anderthalb Jahre zuvor

Der Tag, an dem Leyla beschloss, cool zu werden, begann mit richtig schlechter Laune.

Leyla saß vor dem Spiegel und analysierte ihr Gesicht. Pro: Nase okay, volle Lippen, wenig Pickel. Kontra: Alles an ihr war absolut durchschnittlich.

Leyla seufzte.

»Was ist denn, mein Schatz?«, fragte Oma Grete, die hinter ihr im Raum an der Nähmaschine arbeitete.

»Niemand in der Schule beachtet mich ... schon gar nicht die Jungs!«

»Denkst du da an jemand Bestimmten?«, hakte Oma Grete nach.

»Nein! Hm, vielleicht doch«, gab Leyla zu. Da war dieser blonde Typ aus der Parallelklasse. Ständig war er von einer Traube anderer Jungs umringt, die über seine Scherze lachten. Max Kempe hieß er. Das wusste Leyla, weil es alle Mädchen aus ihrem Jahrgang wussten. Kein Wunder bei den Medaillen, die Max schon für die Schwimm-Mannschaft der Schule geholt hatte, bei diesen breiten Schultern, diesen graublauen Augen mit den langen Wimpern, die auf dem Schulflur durch sie hindurchschauten.

»Aber für den bin ich unsichtbar. Ich bin der langweiligste Mensch auf diesem Planeten!« Stöhnend vergrub Leyla den Kopf in den Armen.

Oma Grete hatte aufgehört zu nähen und war hinter sie getreten. Leyla spürte ihre Hand, die sich sanft auf ihren Kopf legte. Kein flüchtiges Streicheln im Vorbeigehen wie bei Mama, die zu ihrer nächsten Aufgabe hastete. Oma Grete hatte Zeit. »Du bist das Gegenteil von langweilig. Du bist die wunderbare, einzigartige Leyla – das musst du den anderen nur zeigen!«

»Aber wie?«, schniefte Leyla.

»Du weißt doch, dass ich jahrelang im Theater gearbeitet habe. Eines Tages habe ich eine unbekannte Frau durch den Hintereingang huschen sehen. Ich dachte, sie sei Schneiderin wie ich oder eine neue Putzfrau. Abends sah ich die Frau wieder – auf der Bühne. Ich konnte kaum glauben, dass es dieselbe Person war, so verwandelt wirkte sie. Und das lag nicht nur an meinen wunderbaren Kostümen! Es war ihre Haltung. Keiner konnte den Blick von ihr wenden. Und du, mein Schatz, du hast dieses Strahlen auch.«

»Meinst du?«, flüsterte Leyla skeptisch.

»Ja, ich sehe es doch!«, sagte Oma Grete und lachte. »Hör auf dich zu verstecken! Sei mutig und zeig, wer du bist. Jetzt nähen wir dir etwas, was du am ersten Tag des neuen Schuljahres tragen wirst. Such dir einen Stoff aus.«

Leylas Blick wanderte über Oma Gretes umfangreiche Stoffsammlung. Schließlich zeigte sie auf einen gelben Seidenstoff, der im Sonnenlicht schimmerte: »Den da!«

»Gute Wahl!« Oma Grete hielt den Stoff an Leylas Gesicht. »Die Farbe betont deinen wunderbaren Teint. Erst brauchen wir ein Schnittmuster. Und dann werde ich dir zeigen, wie man näht.«

4
Max

Max' Zimmer/
Montag, 13 Uhr 42

Leyla und ich betrachten den Halsbandsittich der einsam in seinem großen Käfig hockt.

»Tut mir echt leid, Max«, murmelt Leyla unglücklich. »Ich habe die beiden jeden Tag gefüttert, während ihr weg wart … Keine Ahnung, wie das passieren konnte.«

»Hey, ich hab auch schon oft vergessen, nach dem Füttern wieder die Käfigtür zu schließen«, tröste ich sie. »Das war einfach Pech … ich bin nicht sauer.«

»Wer weiß, wo er jetzt ist.« Leyla starrt raus in den Garten, als könne sie irgendwo da draußen den entflogenen Papagei entdecken. »Bald wird es Winter. Vielleicht erfriert er. Und das ist dann meine Schuld.« Ihre dunklen Augen schimmern, als würde sie gleich in Tränen ausbrechen.

»Ach, der kommt bestimmt zurück, wenn er Hunger hat, oder er findet ein neues Zuhause. Mach dir nicht so viele Gedanken, gibt echt wichtigere Dinge. Zum Beispiel dein Geschenk.«

Ich krame die Plastiktüte hervor, in der sich das eingepackte Schloss und eine weitere Kleinigkeit befinden. Aber jetzt, wo Leyla und ich allein sind, werde ich plötzlich nervös. Mein Herz hämmert so laut, dass sie es bestimmt hört. Was, wenn sie das Schloss albern findet? Oder das ganze Prinzip von Wir-werfen-zusammen-den-Schlüssel-weg? Diese Gedanken machen mich so kirre, dass ich einen Rückzieher mache.

»Hier, für dich«, sage ich und gebe ihr erst mal das andere Geschenk.

Während Leyla auspackt, texte ich sie zu. »Vielleicht kannst du mir 'ne schicke Badehose daraus nähen? War nur Spaß, lila ist nicht so meine Farbe. Gefällt's dir?«

Leyla betrachtet das kleine Stoffpaket lange und sieht richtig gerührt aus. »Sehr! Danke.« Sie umarmt mich. Es fühlt sich viel intensiver an als in der Schule. Ich spüre ihren weichen, geschmeidigen Körper an meinem und küsse ihren Hals, dort, wo sich ihr dunkles Haar im Nacken lockt. Ihre Haut schmeckt leicht nach Salz.

»Ach, Max«, seufzt sie.

Vielleicht ist jetzt der richtige Moment gekommen, ihr das Schloss zu geben? Ich nehme meinen Mut zusammen ...

Pling. »'tschuldige.« Leyla macht sich von mir los und zieht eilig ihr Handy aus der Schultasche. Während sie die SMS überfliegt, ziehen sich ihre Augenbrauen zu einem dunklen Strich zusammen.

»Was ist los?«, frage ich. In diesem Moment vibriert das Smartphone in meiner Hosentasche. Ich gucke ebenfalls aufs Display. »Oh, Red hat geschrieben. Der ist übrigens gestern Nacht hier aufgekreuzt.«

»Was?«, fragt Leyla und guckt ungläubig von ihrem Handy hoch. »Was wollte er denn?«

»Keine Ahnung. Meine Mutter hat ihm aufgemacht. Er ist abgehauen, bevor ich mit ihm reden konnte. Der Typ ist echt schräg drauf. Ich meine, was soll zum Beispiel die SMS hier? *Such mich. Geh zurück zum Anfang.*«

Leyla starrt mich an. »Meine SMS ist auch von Red. Erst meldet er sich ewig nicht und jetzt das ... Er hat mir dasselbe geschrieben.« Wenn sie sich so auf die Unterlippe beißt, ist sie sauer. »Immer diese Geheimniskrämerei! Ich meine, was soll das heißen: *Geh zurück zum Anfang*?«

5
Leyla

S-Bahn-Station Karlshorst/
neun Wochen zuvor

»Komm schon Günay, sonst verpassen wir die Bahn.« Leyla packte die kleine, schwitzige Hand ihrer Schwester und zog sie hinter sich her. Aber schon auf der Hälfte der Treppe zum Bahnsteig hörten sie das Geräusch des losfahrenden Zuges.

»Bok!«, fluchte Leyla auf Türkisch und ließ Günays Hand los. »Zehn Minuten warten auf die nächste – jetzt kommen wir zu spät! Wir wollten doch Max vom Training abholen.«

»*Du* willst Max abholen. Ich will zu Oma Grete«, murmelte Günay und zog die Nase hoch.

Leyla suchte in den Taschen ihrer Jeans nach einem Taschentuch, aber natürlich war da keines. »Oma Grete ist gestorben, das weißt du doch.«

»Hmm. Ich finde das aber doof«, sagte Günay aus tiefstem Herzen.

Das fand Leyla auch. Sie fand gerade vieles doof, aber sie hatte leider keiner gefragt. Der Herzinfarkt von Oma Grete nicht. Und ihre Eltern auch nicht. Nicht richtig jedenfalls.

»Wir haben einen neuen Auftrag«, hatte Mama strahlend verkündet.

»Wieder eine Hochzeit?«

»Nein, ein Meeting, lauter junge Geschäftsleute. Wir übernehmen das Catering. Wenn die unsere türkischen Meze weiterempfehlen … Kannst du ein Auge auf Günay haben, jetzt wo Oma Grete … Bitte, meine Große!« Wie immer hatte die Große brav genickt, statt darauf hinzuweisen, dass eine Sechzehnjährige echt Besseres zu tun hat, als ihre kleine Schwester zu sitten.

Jetzt heulte die auch noch. Tränen tropften von Günays zitterndem Kinn auf den rosa Rock, den Oma Grete ihr genäht hatte.

»Hey … hey, komm schon …«

Günay heulte weiter, ein leicht pummeliges Kind mit einem abgeklebten Brillenglas. Ihr Anblick hätte Steine erweichen können. Leyla blickte sich auf dem fast leeren Bahnsteig um und entdeckte einen Süßigkeiten-Automaten. »Wir machen einen Deal, okay? Wenn du aufhörst zu weinen, kauf ich dir einen Schokoriegel.«

Die Tränen tropften jetzt langsamer.

»Versprochen?«, schniefte Günay.

»Versprochen«, sagte Leyla und ging rüber zum Automaten. Während sie ihn mit Kleingeld fütterte, versuchte sie nicht zu dem jungen Typen hinzusehen, der gerade den Abfalleimer durchwühlte. In Berlin gab es viele Flaschenfeen. Doch der Junge wirkte nicht wie ein Obdachloser. Er trug ein sauberes grünes T-Shirt und hatte raspelkurzes rotblondes Haar. Leyla schätzte ihn ungefähr auf ihr Alter.

Jetzt schien der Rothaarige den Behälter für den Papiermüll *abzutasten*. War er ein Junkie und suchte die Drogen, die sein Dealer hier für ihn versteckt hatte?

Hektisch drückte Leyla den Knopf für den Schokoriegel, aber nichts passierte. Sie fühlte, wie ihr ein Schweißtropfen den Rücken hinunterrann. »Bok!«, schimpfte sie wieder, diesmal lautlos.

»Was macht der denn da?«, durchbrach plötzlich eine Kinderstimme die Mittagsstille. Fast hätte Leyla einen Herzinfarkt bekommen, so wie Oma Grete. Günay lehnte sich neben sie an den Automaten und starrte neugierig zu dem Rothaarigen hinüber.

»Keine Ahnung«, sagte Leyla laut und wagte nicht, zu dem Junkie hinüberzugucken. Wie er wohl reagierte, wenn er sich bedroht fühlte? »Komm, Günay!« Scheiß auf den Schokoriegel und das Geld. Leyla wollte ihre Schwester aus der Gefahrenzone zum anderen Ende des Bahnsteigs ziehen, aber Günay zappelte und wand sich aus ihrem Griff. »Meine Schoki! Du hast es versprochen, Leyla!«

»Versprechen muss man halten«, sagte der Junkie. Er kam auf sie zu und schlug mit der Faust gegen den Automaten. Es schepperte. Leyla wich zurück, und Günays Brüllen brach abrupt ab. Seelenruhig griff der Rothaarige in die Ausgabeklappe des Automaten und zauberte einen Schokoriegel hervor, den er Günay hinhielt. Sein Grinsen ließ weiße, aber unregelmäßige Zähne aufblitzen. Ein Fuchslächeln.

»Danke.« Leyla griff nach dem Schokoriegel, bevor ihre kleine Schwester ihn annehmen konnte. »Komm, Günay.«

Sie waren erst wenige Schritte gekommen, als der Rothaarige ihnen nachrief: »Ich bin Schatzsucher!«

Verdutzt blieb Leyla stehen und drehte sich um. »Was?«

»Günay hat doch gefragt, was ich mache«, antwortete der Rothaarige und kam langsam näher. Seine Körperhaltung wirkte nicht bedrohlich, eher unsicher. »Ich bin Schatzsucher. Du kannst mich Red nennen, das ist mein Schatzsucher-Name. Und wer bist du?«

Leyla ignorierte die Frage ebenso wie seine ausgestreckte Hand. Spöttisch zog sie die Augenbrauen hoch und fragte: »Ach ja, was für Schätze sollen das denn sein?« Obwohl sie eigentlich wusste, dass sie sich besser umdrehen und den abgedrehten Typen einfach stehenlassen sollte.

Red blickte sich auf dem menschenleeren Bahnhof um. »Eigentlich darf ich euch das nicht verraten, weil ihr Muggel seid ...«, flüsterte er.

Günay sprang sofort auf seinen Verschwörerton an. »Muggel, wie bei Harry Potter?«

»Psst ... genau!«, raunte Red. »Muggel, Leute, die keine magischen Kräfte haben und nichts von der Zaubererwelt wissen. Uneingeweihte.«

»Aber ich bin keine Ungeweihte ... kein Muggel!«, protestierte Günay: »Ich weiß alles über Harry. Leyla und ich haben nämlich die Filme geguckt.«

»Leyla – schöner Name.« Red lächelte schon wieder sein Fuchslächeln, und Leyla musste sich widerwillig eingestehen, dass sie Füchse interessant fand. Angeblich gab es viele in Berlin. Stadtjäger. Asphaltfüchse. Sie selbst hatte noch nie einen gesehen.

»Wenn ihr keine Muggel seid, kann ich ja offen sprechen ...«, fuhr Red fort. »Ihr kennt doch Schnitzeljagd, oder? Geocaching funktioniert so ähnlich. Im Internet gibt es extra Seiten, auf denen Caches, also Schätze gelistet sind. Dann braucht man natürlich GPS.« Red zog ein seltsames Gerät aus der Hosentasche, das er ihnen unter die Nase hielt. »Damit kann man checken, ob man sich den angegebenen Koordinaten nähert. Überall in Berlin sind Caches versteckt!« Als Red sich zu ihnen hinüberneigte, fing sich das Sonnenlicht in seinem Haar und den Härchen auf den Armen. Einen kurzen Moment wirkte es, als stünde er in Flammen. Leyla umklammerte den Schokoriegel fester und spürte ihn in ihrer Hand schmelzen.

»Könnt ihr beide ein Geheimnis für euch behalten?«, flüsterte Red ihnen zu.

Günay nickte eifrig.

»Sicher?« Fragend blickte er Leyla an. Sie wunderte sich über seine Augen, überraschend dunkle Augen in diesem sonnenhellen Gesicht. Plötzlich spürte sie ein Beben unter ihren Füßen, spürte etwas Großes auf sich zukommen. Für einen Moment überkam sie der jähe Impuls wegzulaufen. Dann nickte sie.

Sie sah Red den Mund öffnen, doch ein Donnern verschluckte seine Worte. Die S-Bahn fuhr ein. Mit kreischenden Bremsen kam der Zug zum Stehen. Die Türen glitten auf und spuckten ein paar Leute auf den Bahnsteig. Die Bahn, auf die sie gewartet hatten. Max hasste Unpünktlichkeit, bei sich und bei anderen.

Aber sie blieben stehen.

Aus irgendeinem Grund musste Leyla an Oma Gretes Nähkästchen mit all den kleinen Schubladen denken und wie gern sie es als Kind geöffnet hatte. »Was für ein Geheimnis?«, fragte sie.

»Hier auf dem Bahnhof ist auch ein Cache versteckt«, antwortete Red ruhig.

Dieses Mal konnte Leyla die Worte verstehen, obwohl die S-Bahn sich wieder in Bewegung setzte. Die heiße Luft, die der Zug vor sich herwirbelte, ließ die Haare der Mädchen fliegen. Leyla spürte den Sog. Dann war der Zug weg, und der S-Bahnhof lag wieder so leer und träge in der Mittagssonne wie vorher.

»Hier soll ein Schatz sein?«, fragte Günay ungläubig und sprach damit aus, was auch Leyla dachte. *Berlin-Karlshorst* stand auf dem Stationsschild. Leyla hatte schon immer den Verdacht gehabt, dass man das extra draufgeschrieben hatte, damit die Leute mitkriegten, dass sie noch in Berlin waren und nicht irgendwo in der Pampa.

»Sagt zumindest das GPS«, erklärte Red und tippte auf das Gerät. »Der Cache muss irgendwo hier sein – im Umkreis von zehn Metern. Vielleicht ein Nano, die sind winzig. Oft sind die Döschen magnetisch, damit man sie unauffällig an Metallgegenstände heften kann.«

Jetzt wurde Leyla einiges klar. »Deshalb hast du die Mülleimer abgetastet!«, rief sie.

»Leider erfolglos.«

»Wir helfen dir beim Suchen«, versprach Günay großzügig.

Zu Max ist sie nie so nett, dachte Leyla. Vielleicht ja, weil Max ihre Schwester mit derselben freundlichen Gleichgültigkeit behandelte wie seine Papageien. Sie schüttelte den Kopf, um den Gedanken zu verscheuchen, und hörte zu, wie Red ihrer kleinen Schwester erklärte: »Okay, aber wir müssen unauffällig suchen, damit die Muggel nichts mitkriegen. Sonst könnte es sein, dass sie den Cache mitnehmen oder zerstören.«

Die Gefahr war nicht besonders groß, denn sie waren die Einzigen auf dem Bahnsteig. Doch Günay nickte eifrig. Red lächelte sie an. »Dann schalte mal deinen Scanner-Blick ein. Wo ist hier etwas aus Metall?«

»Der Schoki-Automat!«, sprudelte Günay hervor. »Und da, die Beine von den Sitzbänken!«

Sie flitzte los und kniete sich vor einer Bank auf den staubigen Boden. Es war das erste Mal seit Oma Gretes Tod, dass Leyla ihre Schwester richtig fröhlich sah, und dafür war sie Red dankbar.

»Ich check den Automaten!« Sie wollte wenigstens ein bisschen guten Willen zeigen und schlenderte hinüber. Leyla ließ den Blick über die glatten Metallwände gleiten. Keine Chance, hier etwas zu verstecken, höchstens … sie steckte die Finger in das Kläppchen für die Rückgabe des Geldes und spürte etwas wie Jagdfieber erwachen. Nein, natürlich war da nichts. Das Döschen musste an einer Stelle verborgen sein, die man nur entdeckte, wenn man gezielt danach suchte … dort, wo es kein Muggel zufällig finden würde.

Es prickelte in ihrem Nacken, als sie die Hand in den Ausgabeschlitz schob und die Rückseite der Metallklappe abtastete. Und da … tatsächlich … stießen ihre Fingerkuppen gegen etwas, das dort nicht hingehörte, etwas, das versteckt im Inneren des Automaten haftete wie ein Parasit. Eine magnetische Metallhülse plumpste in Leylas Hand, kleiner als eine Garnrolle.

»Gratuliere«, sagte Red hinter ihr.

Das letzte Mal, dass sie ein ähnliches Triumphgefühl verspürt hatte, war, als sie nach tagelanger Arbeit und vielen Flüchen eine Bluse mit besonders kompliziertem Schnittmuster fertiggenäht hatte. Das seidige Gefühl, als das neue Kleidungsstück zum ersten Mal über ihre Haut glitt – und wie angegossen passte.

»Du hast die Fähigkeit, im Alltäglichen das Wunderbare zu erkennen. Da, wo andere ausgewalzten Asphaltstraßen folgen, finden deine Gedanken Trampelpfade.« Himmel, redete der Typ hochgestochen! Trotzdem musste Leyla zurückgrinsen, als Red feierlich erklärte: »Du bist ein Naturtalent im Cachen!«

Günay tanzte um die beiden herum: »Zeig mal den Schatz, zeig mal!«, rief sie aufgeregt. Leyla präsentierte ihr den Cache auf der geöffneten Handfläche.

»Das ist ja ein Mini-Schatz!« Günay staunte. »Ist der aus Silber?«

»Nein, sein wahrer Wert liegt in seinem Inneren. Du musst die Verschlusskappe abschrauben!«

Leyla folgte Reds Anweisung. Aus dem geöffneten Gehäuse zog sie einen winzigen zusammengerollten Zettel. Ratlos starrte sie auf die unverständlichen Zahlen.

»Das hier ist der Beginn eines Multis«, erklärte Red. »Unser Cache hat mehrere Stationen – diese Koordinaten führen uns zur nächsten. Also, worauf warten wir?«

»Ähm, auf die nächste Bahn.« Leyla deutete auf den Zug, der in der Ferne schon zu erkennen war. Sie fühlte ein merkwürdiges Widerstreben, von Max zu erzählen, gab sich dann aber einen Ruck. »Ich bin mit meinem Freund verabredet. Bestimmt fragt er sich schon, wo ich abgeblieben bin.«

»Schade.« Ohne sie anzusehen, verbarg Red den Cache in seinem alten Versteck. Jetzt wirkte alles wieder wie immer. Die Bahnstation lag trist in der Sonne, und nichts deutete auf Schätze, Wunder oder Geheimnisse hin.

»Ja, schade«, murmelte Leyla.

»Aber vielleicht habt ihr ja morgen Zeit?«, schlug Red vor. Er griff nach Leylas Hand. Verwirrt wollte sie sich losmachen, da spürte sie die Spitze eines Kulis über ihre Handfläche kitzeln. »Das ist meine Handy-Nummer. Ruf mich an, wenn du cachen willst, Leyla.« Ihr Name hörte sich so fremd an aus seinem Mund. Wie ein Abenteuer.

Sie nickte, da fuhr auch schon die S-Bahn ein. Schnell stieg Leyla ein und zog ihre Schwester hinter sich her.

»Wiedersehen!«, rief Red, als die Zugtüren sich schlossen.

»Tschüss, Schatzsucher!«, rief Günay und drückte ihre Kinderhand gegen die Scheibe. Red grinste und legte seine Hand von außen an die andere Seite des Glases. Mit einem Ruck fuhr die S-Bahn an.

Statt loszulassen, presste Red seine Hand an die Scheibe und lief neben ihnen her. Zuerst ganz locker, dann, als der Zug an Tempo gewann, rannte er mit voller Kraft. Das Grinsen war verschwunden, sein Gesicht wirkte jetzt ernst und völlig konzentriert.

Günay kreischte vor Begeisterung, doch Leyla bekam es langsam mit der Angst zu tun. »Achtung, die Bahnsteigkante!«, rief sie und fuchtelte mit den Armen: »Stopp!«

Erst kurz bevor der Bahnsteig endete, bremste Red ab. Schwankend blieb er an der Kante stehen, der Zug rauschte an ihm vorbei. Die Schwestern sahen ihn kleiner werden, seine roten Haare flammten in der Sonne auf. Dann war er weg.

6
Max

Max' Zimmer/
Montag, 13 Uhr 53

»*Such mich. Geh zurück zum Anfang*«, lese ich vor. »Was bedeutet das?«

Leyla zuckt nur mit den Schultern und lässt sich auf meinen Schreibtischstuhl sinken.

»Ich ruf ihn an!« Schon wähle ich Reds Nummer. Sofort schaltet sich die Mailbox ein. Kein witziger Spruch, keine Ansage, nicht mal ein Name.

»Hallo, Red?« Wieder keine Antwort. Nichts ist zu hören als mein eigener Atem. Die Mailbox zeichnet das Schweigen auf. »Das nervt langsam, Alter. Meld dich mal!«, sage ich und beende den Anruf. »Geht nicht dran.«

»Er geht nie ran. Ich hab's die letzten Tage öfter versucht«, erklärt Leyla, stößt sich ab und bringt den Schreibtischstuhl zum Drehen. Mir wird schon vom Zusehen leicht übel. »Max, als du weg warst, haben wir uns öfter getroffen, zum Cachen und so.«

»Davon hast du gar nichts geschrieben«, sage ich überrascht.

Leylas Gesicht fliegt zu schnell an mir vorbei, um den Ausdruck darauf zu deuten. Aber ihre Stimme klingt patzig. »Du hast ja auch nicht groß gefragt, was ich so mache. Jedenfalls ... das letzte Mal, als ich ihn getroffen habe, war Red echt seltsam. Irgendwie durcheinander und wütend. Ich mach mir Sorgen um ihn.«

Red, der nachts um unser Haus herumstreunt und ohne ein Wort wieder verschwindet. Ich spüre ein warnendes Ziehen im Magen.

»Sorgen? Warum?«, frage ich. »Hat er irgendwas gesagt? Stress mit den Eltern, Liebeskummer?«

»Sprechen wir vom selben Red?«, fragt Leyla ironisch. »Von dem Typen, der selbst aus seinem richtigen Namen ein Geheimnis macht? Der nichts über sich verrät außer seinem Cachernamen?« Endlich stoppt sie den kreiselnden Schreibtischstuhl. Nachdem ich die ganze Zeit daraufgeschaut habe, ist mir schwindelig.

»Du nimmst das alles zu ernst, Leyla«, sage ich. »Hallo, Geocachen ist ein Spiel! Und Red spielt gerne. Ich wette, diese SMS ist nur eine Einladung für einen Cache.«

Leyla schweigt längere Zeit. »Was, wenn du dich irrst?«, fragt sie schließlich und sieht mich an. »Was, wenn es Red nicht gutgeht? Was, wenn die SMS eine Art Hilferuf ist?«

»Mal angenommen, du hast recht. Nur mal angenommen. Wir kennen den jetzt wie lange … zwei Monate? Da müssen doch andere zuständig sein. Echte Freunde, Familie und so.«

»Aber er hat uns geschrieben«, sagt Leyla mit bezwingender Logik. Sie ist aufgestanden und läuft unruhig im Zimmer hin und her, wie ein Tier im Käfig. Am liebsten würde ich sie an mich ziehen, damit sie aufhört.

»Uns geschrieben – damit wir was tun? Einfach vorbeischauen geht nicht, weil wir nicht wissen, wo er wohnt. Oder meinst du, er will, dass wir die Polizei alarmieren? Hilfe, ein rothaariger Typ steckt möglicherweise in Schwierigkeiten, bitte suchen Sie Berlin nach ihm ab! Seinen richtigen

Namen, seine Adresse – tja, wissen wir leider nicht.«

Der Witz zieht nicht. Stattdessen ist Leyla sauer auf mich, was ich ziemlich unfair finde. »Was Red will, steht doch ganz klar in der SMS: Wir sollen ihn suchen«, erklärt sie. »Also suchen wir ihn!«

Ich will einwenden, dass ich in zwei Stunden Training habe, aber als ich Leylas Gesichtsausdruck sehe, lasse ich es lieber. »Kein Problem, Berlin ist ja überschaubar. Wo sollen wir mit unserer kleinen Suche beginnen?«

»*Geh zurück zum Anfang* ... Ob er den Ort meint, an dem wir ihn das erste Mal getroffen haben? Vielleicht wartet er da!« Leyla schlüpft in ihre Jacke, öffnet die Zimmertür und läuft die Treppe hinunter.

Und ich stehe doof da mit meinem roten Schloss. Statt den Nachmittag mit meiner Freundin im Bett zu verbringen, muss ich den kryptischen Hinweisen eines Typen folgen, den ich kaum kenne. Der vielleicht ein Problem hat, vielleicht aber auch einfach nur einen seiner selbstgelegten Caches ausprobieren will.

Nur eins steht fest: Red nervt. Seufzend stecke ich Leylas Geschenk in die Hosentasche.

»Hey, warte auf mich!«, rufe ich und renne ihr die Treppe hinterher.

»Das hört sich ja an wie eine Horde Nashörner.« Meine Mutter steht auf dem Treppenabsatz vom ersten Stock und legt ein Hemd zusammen. Offenbar haben wir sie beim Bügeln gestört.

»Entschuldigung«, stottert Leyla und bleibt so abrupt stehen, dass ich fast in sie hineinrenne.

»Den übriggebliebenen Vogel habe ich heute Morgen schon gefüttert, also kein Grund zur Eile, Leyla«, sagt meine Mutter mit ihrer leisen, melodischen Stimme.

Leylas Gesicht läuft glutrot an, sie starrt auf ihre Schuhe.

Wahrscheinlich müsste ich jetzt etwas sagen. Etwas, das meiner Mutter und vor allem Leyla klarmacht, dass ich zu meiner Freundin halte. Aber wie so oft in Situationen, in denen die Luft zum Schneiden dick ist, fällt mir nichts ein. Also setze ich mich einfach wieder in Bewegung und steige weiter die Stufen hinunter. Leyla folgt mir langsam und schweigend.

»Vergiss nicht, dass du nachher noch Training hast, Schatz!«, ruft meine Mutter mir nach. Ich drehe mich nicht um. Aber ich kann ihr Stirnrunzeln geradezu hören.

Draußen vor dem Haus kratzt mein Vater mit einem alten Messer das Moos aus den Ritzen des Gartenwegs. »Hallo, ihr beiden. Wo wollt ihr denn hin?«

»Wir suchen jemanden«, antworte ich.

»Schön, schön.« Vielleicht hat er *besuchen* verstanden und nicht *suchen*. Oft habe ich den Eindruck, dass er mit seinen Gedanken ganz woanders ist. »Dann viel Spaß.« Mit einem abwesenden Lächeln wendet er sich wieder dem Moos zu.

Leyla hat nicht zurückgelächelt. Nachdem wir das Gartentor hinter uns geschlossen haben und ein paar Meter gelaufen sind, sagt sie: »Euer Vorgarten sieht aus wie ein Schaufenster.«

Ich gehe sofort in den Werbemodus: »Die neue Moosharke! Mach deine Gartenarbeit zur Yogastunde.«

Aber Leyla verzieht nicht mal die Mundwinkel. »Da wird Familie Kempe ausgestellt. Euer perfektes Leben.« Sie raschelt durch einen Laubhaufen auf dem Gehweg, den bestimmt ein fleißiger Nachbar zusammengefegt hat. Herbstblätter stieben auf. »Ich meine, die haben dir letztes Schuljahr Nachhilfestunden in Physik aufgedrückt, weil du sieben Punkte hattest. Das muss man sich mal geben, *noch befriedigend* reicht nicht!«

Dass sie da immer drauf rumreiten muss. »Meine Eltern wollen halt nicht, dass meine Schwächen meine Stärken blockieren«, erkläre ich.

»Ja, sag ich doch: Familie Kempe soll perfekt sein. Deshalb mögen deine Eltern mich auch nicht. Weil ich da nicht reinpasse. Die wollen was Besseres für ihren einzigen Sohn. Keine Migrantentochter mit Durchschnittsnoten.«

»Das ist doch Schwachsinn. Meine Eltern mögen dich.«

»Wen versuchst du hier zu überzeugen – mich oder dich?«, fragt Leyla.

»Hauptsache, *ich* mag dich«, sage ich und ziehe sie an mich. »Das ist doch genug, oder?«

Leyla antwortet nicht. Und obwohl wir zusammen weiterlaufen, beschleicht mich das Gefühl, dass es eben nicht genug ist.

Wir gehen an Wohnhäusern und kleinen Geschäften vorbei, bis zur Hauptstraße. Über diese Straße führt die S-Bahn-Trasse. Nebeneinander steigen wir die Treppen der Station Karlshorst hinauf. Die letzten Stufen nimmt Leyla immer schneller, überholt mich. Oben auf dem Bahnsteig schaut sie sich um. Aber als ich bei ihr ankomme, merke ich, dass es da nur zwei Omis zu sehen gibt, die auf die S-Bahn warten.

»Red ist nicht hier.« Leyla klingt enttäuscht. Zielstrebig geht sie zum Süßigkeiten-Automaten hinüber und steckt ihre Finger in die Ausgabe-Klappe. Kurz darauf zieht sie die leere Hand wieder hervor wie ein Zauberer, dessen Trick nicht funktioniert hat. »Nichts.«

Ich muss lachen. »Dachtest du, Red hat sich im Süßigkeiten-Automaten versteckt?«

Leyla lacht nicht mit. »Nein, ich dachte ... *Geh zurück zum Anfang* ... Günay und ich haben Red doch zum ersten Mal auf diesem Bahnsteig getroffen. An dem Tag, an dem wir dich zu spät abgeholt haben.«

Leyla wollte um sechzehn Uhr da sein, trudelte aber erst vierzig Minuten später ein. Meine Kumpels hatten schon gewitzelt, sie hätte mich versetzt. Ich fand's nicht besonders lustig. Wenn was anders läuft als geplant, werde ich nervös. Auch wenn ich immer versuche, das nicht so zu zeigen.

»Ich weiß. Aber unseren ersten gemeinsamen Cache haben wir doch erst 'ne Woche später gemacht.«

»Das Rundhaus«, flüstert Leyla.

1
Leyla

S-Bahn-Station Pankow-Heinersdorf/
acht Wochen zuvor

»Ob der wirklich kommt? Schon komisch, so ein Blinddate mit 'nem Geocacher«, sagte Max.

Leyla hatte ihm von Red erzählt (na ja, nicht alles. Nicht, dass er neben der S-Bahn hergerannt war). Gemeinsam hatten sie Geocaching gegoogelt und sich durch Internetseiten und YouTube-Videos geklickt. Leyla hatte Feuer gefangen: »Cool, oder?«

»Okay, hört sich schon interessant an«, hatte Max schließlich zugegeben. »Kann man ja mal ausprobieren.«

Und jetzt standen sie hier an einer unbekannten S-Bahn-Station in Pankow und warteten. »Wir gehen auf Schatzsuche, wir gehen auf Schatzsuche!«, sang Günay. Max verdrehte die Augen. Sein Blick schien zu sagen: *Warum musst du die schon wieder mitschleppen?*

»Guck nicht so, wo hätte ich sie denn bitte lassen sollen?«, schnappte Leyla. »Unsere Eltern arbeiten halt viel, die haben noch was anders zu tun, als ihren Rasen zu maniküren!«

Uups, das war ganz schön fies gewesen.

Aber statt eine scharfe Bemerkung zurückzuschießen, sah Max an ihr vorbei. »Ob er in der nächsten S-Bahn sitzt?« Typisch. Tat so, als sei nichts gewesen. Bloß keinen Ärger, das ist die Sache nicht wert. Oder war sie ihm den Streit nicht wert?

»Red freut sich jedenfalls, dass ich Günay mitbringe«, stichelte Leyla weiter (keine Ahnung, ob das stimmte, sie hatte ihn nicht gefragt). »Die beiden verstehen sich richtig gut.«

»Schön«, antwortete Max und lächelte.

»Ja, schön«, murmelte Leyla frustriert. Mit Max konnte man einfach nicht streiten.

Am liebsten hätte sie ihn stehen lassen und wäre allein mit Red cachen gegangen. Aber dazu war es jetzt zu spät.

»Hallo, Schatzsucher!« Zwischen den wenigen Menschen, die aus dem gerade eingefahrenen Zug drängten, hatte Günay Red entdeckt. An Leylas Hand hüpfte sie wild auf und ab: »Hallo! Hier drüben sind wir!«

»Hallo, Günay.« Red kam langsam auf sie zu und blieb direkt vor ihr stehen. »Hallo, Leyla«, sagte er und lächelte. Sie musste an das kurze Telefonat gestern denken:

Hey, hier ist Leyla ... Erinnerst du dich noch? Die, mit der du im Süßigkeiten-Automaten einen Schatz gefunden hast? Ich ... ich wollte nur fragen, ob dein Angebot noch steht ... also, dass du uns mal mitnehmen würdest zum Geocachen. Mein Freund und ich würden das gern mal ausprobieren. Hallo? Hallo, bist du noch dran?

Ja, ich bin noch dran. Ich war nur so überrascht. In den letzten Tagen musste ich öfter an dich denken. Dass du jetzt wirklich anrufst ist ... wow! Du ahnst nicht, was mir das bedeutet, Leyla.

»Hallo, Red«, sagte Leyla schnell, um diese bescheuerte Nervosität loszuwerden und legte die Hand auf Max' warmen, sonnengebräunten Arm: »Das ist Max.«

Reds dunkelblaue Augen blieben auf sie gerichtet. Nur kurz huschte sein Blick zum Gesicht seines Gegenübers, dann schaute er wieder weg.

»Hey. Hab schon viel von dir gehört«, sagte Max.

»Kann ich von dir nicht behaupten«, murmelte Red. Auf seine Worte folgte angespannte Stille. Leyla hielt den Atem an. Aber plötzlich passierte etwas Erstaunliches. Etwas, das sie wieder einmal daran erinnerte, warum sie mit Max zusammen war: Max fing an zu lachen. »Dann wird's Zeit, dass wir uns kennenlernen.« Er streckte Red die Hand entgegen, und nach kurzem Zögern schlug Red ein. »Erzähl: Wo müssen wir hin, um unseren ersten Cache zu heben?«, fragte Max. »Solange wir nicht irgendwo hochkraxeln müssen, bin ich dabei.«

Red lächelte, doch Leyla bemerkte, dass seine Augen nicht mitlächelten. »Folgt mir, ich hab die Koordinaten ins GPS eingegeben«, sagte er und schwenkte das kleine Gerät. Zusammen verließen sie die Station, überquerten eine Autobrücke, die über die Schienen führte.

»Früher bin ich stundenlang einfach so durch die Stadt gelaufen«, erzählte Red, während sie die Brücke über eine Rampe wieder hinuntergingen und an einer Kleingartenanlage vorbeiliefen.

»Ich bin gerne draußen, freier Himmel, Natur. Und dann habe ich Geocachen entdeckt ... es ist noch viel besser, wenn man ein Ziel hat! Das GPS zeigt an, dass unser heutiges Ziel direkt vor uns liegt.«

Sie standen vor einem geöffneten Tor, das den Blick auf ein verwildertes Grundstück freigab. Aus dem Gestrüpp ragte ein verfallenes, kreisrundes Gebäude mit einer Kuppel auf.

»Was zum Henker ist das, Alter?!«, fragte Max.

»Ein Lost Place«, erklärte Red. »Korrekt sollte es eigentlich *abandoned place* heißen, denn dieser Ort ist nicht verloren – nur von Menschen aufgegeben und verlassen. Sehr beliebt beim Geoca...«

»Danke Wikipedia, davon habe ich schon im Internet gelesen«, unterbrach Max seinen Vortrag. »Ich meinte, was ist das da vorne ganz konkret?«

»Ein alter Lokschuppen. Genauer gesagt, ein Rundhaus«, erklärte Red so stolz, als hätte er die Ruinen von Angkor Wat im kambodschanischen Urwald wiederentdeckt. »In solchen Gebäuden wurden ab dem 19. Jahrhundert Lokomotiven geparkt und gewartet. Später hat man fast alle abgerissen, weil man sie schlecht erweitern konnte. Dieses hier ist eines der letzten in ganz Deutschland.«

»Da will ich nicht hin!« Günays Unterlippe zitterte. »Da gibt's Geister.«

Beim Anblick der Ruine kam Leyla die Vermutung ihrer kleinen Schwester gar nicht so abwegig vor. Jetzt ließ Günay ihren rosaberockten Hintern einfach auf den Boden plumpsen.

Max' Blick war noch genervter als vorhin am Bahnhof. Doch Red beugte sich zu Günay hinunter und erklärte ernsthaft: »Weißt du, Günay, um einen Schatz zu finden, muss man sich manchmal an Orte begeben, vor denen man sich fürchtet. Pass auf, ich nehme dich huckepack. Solange wir zusammen sind, können die Geister uns nichts anhaben. Okay?« Günay nickte.

»Danke.« Leyla lächelte Red an. »Deinen Rucksack kann ich nehmen«, bot sie an.

Red setzte den Rucksack ab, doch bevor Leyla danach greifen konnte, schnappte Max ihn sich. »Ich nehm den schon.« Ihr Freund wog das ramponierte Teil in der Hand. »Was schleppst du da denn drin rum, Alter? Deine Ghostbusters-Ausrüstung?«

»So was Ähnliches. Meine ECA – Erweiterte Cacher Ausrüstung. Gib mal!« Red öffnete den Rucksack und ließ sie einen Blick hineinwerfen. Leyla konnte unter anderem eine Taschenlampe und eine Art Schraubenschlüssel erkennen.

»Hast du da auch so'n Gerät drin, mit dem man seinen Urin zu Trinkwasser filtern kann? Oder ein Gewehr zum Bärentöten?«, witzelte Max.

»Nein«, entgegnete Red trocken und schloss den Rucksack wieder. »Aber ein Lockpicking-Set zum Schlösserknacken und eine UV-Lampe.«

»Dein Ernst, Alter?«

»Klar. Es gibt T5er, bei denen du eine Kletterausrüstung brauchst, weil sie auf einem fünfzehn Meter hohen Baum mitten in einem ausgedehnten Naturschutzgebiet versteckt sind. Oder wo du mit einer Stirnlampe auf dem Kopf durch eine unbekannte Höhle kriechen musst, die so eng ist, dass du den Fledermäusen ins Gehege kommst. T steht für Terrain, für Gelände. Und fünf ist die höchste Schwierigkeitsstufe.« Mit diesen Worten warf er

Max den Rucksack zu, der ziemlich unsanft gegen Max' Brustkorb prallte. Red nahm Günay huckepack und stapfte mit ihr durchs Tor.

»Uuh, jetzt hab ich aber Angst!«, rief Max ihm nach und hängte sich den Rucksack über die Schulter. »Was ist denn das hier für ein ›T‹?«

Aber Red drehte sich nicht um, sondern lief über verrostete Schienen direkt auf das Rundhaus zu.

»Komm.« Leyla nahm Max' Hand und zog ihn mit sich. »Ich pass schon auf, dass du nicht von einem T5 gefressen wirst!«

»O ja, denn die sind mindestens so gefährlich wie ein T-Rex!«, raunte Max zurück und knabberte an ihrem Ohrläppchen. »Ein Glück, dass wir unseren Indiana Jones da vorne dabeihaben, der solche Monster einfach mit seiner UV-Lampe in die Flucht schlägt!«

Leyla musste lachen.

»Echt, der Typ soll sich mal bisschen lockermachen«, murmelte Max. »Ich glaub, der ist zu viel durch irgendwelche Fledermaushöhlen gekrochen und nimmt das ganze Cacher-Zeug bisschen zu ernst.«

Von nahem betrachtet wirkte das Rundhaus noch größer und einschüchternder. Seine unteren Fenster waren mit Lochblechen verschlossen. Leyla spähte durch eines der winzigen Löcher ins Innere, konnte jedoch kaum etwas erkennen.

»Hier drüben!« Günay noch immer auf dem Rücken wartete Red vor einem angelehnten Eisentor. Anscheinend musste das Set zum Schlösserknacken noch nicht zum Einsatz kommen.

»Das GPS-Signal ist eindeutig: Der Cache befindet sich im Inneren des Rundhauses.«

»Ist das nicht ...«, Max lachte, doch es klang unbehaglich, »ihr wisst schon ... illegal? Betreten verboten, Eltern haften für ihre Kinder und so was?«

Leyla bezweifelte, dass Max je etwas Illegales getan hatte, Kaugummi-Klauen inklusive.

»Klar ist das illegal«, antwortete Red mit einem herausfordernden Blick. »Wenn dir das hier zu aufregend ist, geh doch heim zu Mami und Papi. Die Damen hier begleiten mich weiter auf der Schatzsuche, stimmt's?«

»Stimmt«, piepste Günay oben von Reds Rücken herab.

»Stimmt«, bestätigte Leyla. Schon lange hatte sich nichts mehr so aufregend, so lebendig angefühlt. »Worauf warten wir noch?«, fragte sie. Leyla stieß das Tor auf. Max' Hand fest in ihrer, tauchte sie als Erste in das Zwielicht des Rundhauses ein.

8
Max

Rundhaus Pankow-Heinersdorf/
Montag, 14 Uhr 42

»Hast du auch so ein Gefühl von Déjà-vu?«, fragt Leyla.

»Du meinst so ein Gefühl absoluter Hirnrissigkeit, weil wir wegen unerlaubtem Betreten richtig Ärger kriegen könnten?«, frage ich zurück. »Ja, definitiv.«

»Das letzte Mal waren Günay und Red mit.«

»Das letzte Mal hast du meine Hand gehalten.« Ganz locker soll der Satz aus meinem Mund kommen, aber ich treffe den Ton nicht richtig. Plötzlich hört es sich an wie ein Vorwurf. Leyla verschränkt ihre Finger mit meinen. »Besser so?« Ich nicke und lächele, obwohl sich ihre Hand kalt anfühlt.

Händchenhaltend stehen wir unter der gewaltigen Kuppel aus Holz. Durch zerbrochene Fenster hoch oben fällt trübes Tageslicht. Früher haben hier sicher viele Menschen gearbeitet. Ich kann's mir richtig vorstellen: die schweren Lokomotiven, den Geruch nach Maschinenöl und Ferne. Die Stimmen der Arbeiter, ihre Witze, ihre Flüche, die den großen, leeren Raum um uns erfüllt haben.

Jetzt ist es still. Kein Red zu sehen. Die Wände atmen modrige Kühle und Vergessen.

Über uns flüstert die Luft.

»Geister«, haucht Leyla, genau wie ihre kleine Schwester bei unserem letzten Besuch hier. Und genau wie damals fühle ich Ärger in mir aufsteigen. »Immer noch stinknormale Tauben.« Ich lasse Leylas Hand los und gehe weiter zur Mitte des Raums. Unter jedem meiner Schritte knirscht Vogeldreck. Scheißviecher. Überall in den Streben der Kuppel hocken sie, beobachten mich aus hundert schwarzen Vogelaugen, flüstern in ihrer gurrenden Vogelsprache. Kurz fühlt es sich so an, als würden sie über mich reden. Als lachten sie über mich. Das Gefühl kann ich gar nicht ab.

Laut klatsche ich in die Hände und brülle: »Haut ab!« Erschrocken flattern die Tauben auf, ihr Flügelschlag hallt wie Donner.

Leyla lacht. Ich versuche auch zu lachen, sie soll mich ja nicht für ein Weichei halten, das wegen irgendwelchen Viechern Zustände kriegt. »Danke, danke«, sage ich und verbeuge mich vor dem unsichtbaren Publikum, als wäre das alles ein großer Spaß. Doch mein T-Shirt ist nassgeschwitzt. Die Tauben haben sich in anderen Ecken niedergelassen. Leise setzt das Gurren wieder ein.

Ich versuche es auszublenden und bewege mich vorsichtig auf das ehemalige Herzstück des Raumes zu: die Drehscheibe.

Letztes Mal hat Red uns erklärt, dass damit tonnenschwere Loks auf die Stellplätze und zurück auf die Gleise bewegt wurden. Doch diese Drehscheibe dreht sich nicht mehr, das Herz des Rundhauses steht schon lange still. Unter den eingerosteten Schienen gähnt ein zwei Meter tiefer Schacht. So kamen die Arbeiter bei Reparaturen auch von unten an die Loks heran. Heute benutzen ihn Geocacher zum Tupperdosen-Verstecken. Ob Red seinen Cache am selben Platz hinterlegt hat, wie bei unserem ersten Besuch?

Ich klettere eine alte Metallleiter in den Schacht

hinunter, und Leyla folgt mir. Die letzte Sprosse ist weggerostet. Ich springe den halben Meter auf den Boden, doch Leyla zögert. »Keine Angst, ich fang dich auf!«, rufe ich und breite die Arme aus. Schließlich lässt sie sich fallen. Unter ihrem Gewicht versinken meine Sneakers bis zu den Knöcheln in einer mürben Schicht aus Müll und hereingewehtem Laub. Als wäre ich in Treibsand geraten. Dann ist alles wieder normal, und ich setze Leyla behutsam ab.

»Boah, ich kann kaum was erkennen, ist so dunkel hier unten!«, beschwert Leyla sich. »Du hast nicht zufällig die ECA dabei, Max?« Letztes Mal hatte dieser Möchtegern-Indiana-Jones Taschenlampen aus seinem Rucksack gezaubert und sie großzügig an alle verteilt.

»Warte mal kurz.« Ich krame in meinen Hosentaschen und ertaste mein Smartphone. Kurz darauf erhellt das bleiche Licht des Displays unsere Umgebung. »Taschenlampen-Funktion!«, rufe ich triumphierend. »Na, wer ist hier der Profi-Cacher?«

»Leuchte mal da rüber, du Profi.« Leider hört

sich meine Freundin nicht sonderlich beeindruckt an. Ich bewege das Handy, und sein Licht geistert über die Betonwände, streift Leylas angespanntes Gesicht, und verharrt schließlich auf einem alten Spind aus Metall. Der Owner, die Person, die den Cache ursprünglich angelegt hat, muss das Ding aus einem Nebengebäude herangeschafft haben. War bestimmt eine Scheißarbeit, bis er hier stand.

Neben mir kann ich hören, wie Leyla scharf Atem holt. Ich kann nicht verhindern, dass das Licht in meiner Hand leicht zu tanzen anfängt. Denn der Spind steht nicht mehr aufrecht, wie bei unserem letzten Besuch. Jetzt liegt er hingestreckt auf dem Boden: Ein länglicher Umriss im Halbdunkeln.

»Sieht aus wie ein Sarg, oder?«, witzele ich und stupse den Spind mit dem Fuß an. Das hätte ich lieber bleiben lassen sollen. Bei dem hohlen, metallischen Dröhnen stellen sich meine Nackenhaare auf. Leyla packt meinen Arm so fest, dass sich ihre Fingernägel in meine Haut drücken.

»War das beim letzten Mal ein Akt, diesen Spind zu öffnen ...«, rede ich gegen die Gruselstimmung an. »Alles dank deiner Schwester und dem dämlichen Werkzeugkasten, den sie in einer staubigen Ecke gefunden hat.« Günay hatte darauf bestanden, alle alten Schlüssel in dem Kasten durchzuprobieren. Und Red hatte geduldig mitgespielt, statt den Spind mit seinem tollen Lockpicking-Set zu knacken.

Es funktioniert. Leylas Griff lockert sich. »Günay kam sich vor wie bei Harry Potter«, sagt sie. »Wie in dieser einen Szene, wo Harry den Weg zur Kammer des Schreckens sucht und die ganzen Schlüssel um ihn rumschwirren. Günay hatte beim Ausprobieren jedenfalls einen Mordsspaß.«

»Wenigstens eine von uns«, brumme ich. Wenn ich ehrlich bin, ist Cachen nicht so mein Ding. Ich mag keine Rätsel, ich hab es gern klar und eindeutig, und die ganzen krassen Aktionen stressen mich irgendwie. Aber das kann ich Leyla schlecht auf die Nase binden, denn sie steht da anscheinend total drauf.

Im Licht des Handydisplays glitzert etwas im Laub. Ich beuge mich hinunter und hebe den Gegenstand auf. Es ist ein alter Schlüssel. Überall auf dem Grund des Drehkreuzes liegen Schlüssel verstreut. Der Spind-Umschmeißer muss den Werkzeugkasten geplündert haben. Außerdem hat er die dünne Metall-Tür des Spindes eingetreten. Das leere Innere gähnt uns entgegen. Die Tupperdose ist verschwunden.

»Der alte Cache ist zerstört.« Leylas Stimme klingt wütend und fassungslos. »Meinst du, das waren irgendwelche bescheuerten Muggel?« Sie zögert. »Oder Red selbst?«

»Warum sollte er so was tun?«, frage ich. »Wer immer das war, er muss jedenfalls 'ne Scheißwut gehabt haben. Hier, nimm mal das Handy und leuchte mir.«

Wir suchen jeden Winkel nach Reds Cache ab. Nichts. Ich wühle mich gerade systematisch durch das modrige Laub, da schwenkt das Licht von mir weg. Ich blicke auf. Leyla beleuchtet einen alten Starkstromkasten, der an der Wand angebracht ist. Schwarzer Blitz auf gelbem Warndreieck.

»Fass das nicht an! Wenn da noch Strom drauf ist, endest du als Grillhühnchen.«

»Soll das ein Witz sein?«, fragt Leyla. »Diese

Ruine ist vor Jahrzehnten vom Netz genommen worden. Und dieses Versteck wäre genau Reds Stil!«

Schon wieder Déjà-vu. Plötzlich muss ich an einen Tag vor fünf Wochen denken. Diesen Tag am Müggelsee, als das Gewitter aufzog ...

»Okay, das hat eine gewisse Logik«, antworte ich widerstrebend. Leyla grinst und greift nach dem Kasten.

9
Leyla

Ufer des Müggelsees/
fünf Wochen zuvor

»Ich geb's auf!«, stöhnte Leyla und ließ sich neben Max zu Boden fallen. »Ein Glück, dass wir Günay bei ihrer Freundin abliefern konnten! Diesen Cache hätte sie nie durchgehalten ...«

Es war einer der letzten warmen Septembertage. Stundenlang waren sie mit dem Fahrrad am Müggelsee unterwegs gewesen. Hier sah Berlin nicht mehr aus wie die Hauptstadt, nicht mal wie irgendeine Stadt. Statt Kiez gab es Wälder, statt Touristen Schwärme von Stechmücken, die im Nachmittagslicht tanzten. Die versteckte Bucht, in der sie jetzt waren, wurde von einem breiten Schilfgürtel umschlossen. Es gab sogar einen kleinen Strand – von dem sie in der letzten Stunde jeden Zentimeter abgesucht hatten.

Red war dicht an der Wasserkante stehengeblieben. »Okay, ich sehe nur noch eine Möglichkeit, wo der Cache sein könnte.« Er zeigte auf den See. Mauersegler jagten dicht über der Wasseroberfläche dahin. Ihre schrillen Schreie und ihr tiefer Flug kündigten ein Gewitter an.

»Im WASSER? Hast du einen Sonnenstich?«

»Ich wette, dass der Cache da draußen ist«, sagte Red und zeigte auf eine rote Boje, die in etwa dreißig Metern Entfernung im See trieb. »Wahrscheinlich in einem wasserdichten Behälter, der an der Ankerkette befestigt ist.« Mit diesen Worten zog er bedächtig seine Schuhe aus.

»Was soll das, Alter? Willst du wie Jesus übers Wasser gehen, oder was?«, fragte Max.

Red hielt kurz inne und sah ihn an. »Wir waren jetzt fünf Stunden unterwegs. Ich will meinen Namen in dieses Logbuch schreiben. Und wenn ich was will, gebe ich nicht so schnell auf.«

Die beiden Jungs starrten sich an, und Leyla hatte das deutliche Gefühl, dass es hier um mehr ging als einen Cache.

»Ich bin dabei«, sagte Max schließlich und zog sich mit schnellen Bewegungen aus. *Verrückte Ak-*

tion!, sagte das Grinsen, das er Leyla zuwarf. Sie grinste zurück und fühlte das vertraute Erstaunen, dass sie tatsächlich mit diesem gutaussehenden Jungen zusammen war.

Red dagegen legte seine Kleider nur zögernd ab. Im Gegensatz zu Max Sonnenbräune war seine Haut, wie bei den meisten Rothaarigen, sehr hell.

Wie ein Schalentier ohne den schützenden Panzer, dachte Leyla und betrachtete die Schulterblätter, die sich scharf abzeichneten: Nein, wie eine Messerklinge. Nein, beides in einem. Sie merkte, dass sie ihn anstarrte, konnte den Blick aber nicht abwenden.

Während Max bereits in Boxershorts zum Ufer hinunterlief, drehte sich Red noch einmal zu ihr um. Sie erröteten beide. Dann wandte Red sich wortlos ab und folgte Max ins Wasser.

Leyla bohrte die nackten Zehen in den Lehm und beobachtete, wie die beiden hinausschwammen – direkt auf die stahlgraue Wolkenfront zu, die sich langsam über den See schob. Max war ein glänzender Schwimmer. In kürzester Zeit hatte er die

Boje erreicht. Er tastete sie ab – wie es aussah erfolglos, während Red zwar langsam, doch beharrlich nachzog.

Der erste Blitz zuckte über den Himmel, sein Licht ließ Max' helles Haar grell aufleuchten. Leyla schrak zusammen. Schlagartig wurde ihr bewusst, wie gefährlich es für die Jungs würde, sobald das Gewitter losging. Wie war das noch? Konnte man nicht bestimmen, wie nah das Unwetter schon war, wenn man die Sekunden zählte, die zwischen Blitz und dem nachfolgenden Donnerschlag vergingen? Einundzwanzig, zweiundzwanzig …

Donner grollte, wie ein großes Tier, das sich zum Sprung bereitmacht.

Jetzt schien sich auch Max der drohenden Gefahr bewusst zu werden. Leyla sah, wie er hinauf zum Himmel spähte, der sich inzwischen vollständig zugezogen hatte. Er ließ die Boje los und umrundete sie mehrmals – anscheinend unschlüssig, was er nun tun sollte.

Red dagegen paddelte weiter auf die Boje zu. Die Jungs wechselten ein paar Worte, die Leyla nicht verstehen konnte. Ein neuer Blitz. Sie war so aufgeregt, dass sie das Zählen vergaß. Donner krachte. Red hob nicht mal den Kopf. Max drehte um und kraulte zurück.

Leyla rannte ihm entgegen, Wasser spritzte auf. »Was ist los?«

Max watete aus dem See. »Der Idiot will nicht aufgeben. Hat erklärt, er taucht nach dem verdammten Cache, bis er ihn hat. Wenn er sich von einem Blitz grillen lassen will, bitte!« Ohne sich trockenzureiben schlüpfte Max in seine Klamotten, dann marschierte er zu den Fahrrädern, die im Gras lagen.

»Aber ...« Leyla rannte neben ihm her, stellte sich vor die Räder: »Wir können ihn doch nicht einfach alleine lassen. Was, wenn ihm etwas passiert?«

»Seine Verantwortung.« Max zerrte sein Mountainbike hoch. Hinter ihm auf dem Waldweg entdeckte Leyla eine Horde Ausflügler. Bepackt mit Sonnenschirmen, Picknickkörben und Kleinkindern beeilten sie sich, zurück in die Zivilisation zu kommen, bevor das Unwetter losbrach. Sie hörte ihre Stimmen leiser werden.

»Kommst du?«, fragte Max ungeduldig, der schon auf dem Sattel saß.

Selbst die Schreie der Mauersegler waren verstummt.

»Nein«, sagte Leyla. »Ich bleib hier.«

»Wie du willst. Ich warte am Spreetunnel auf euch – im Trocknen!« Damit schwang Max sich auf sein Rad und radelte den Ausflüglern nach, in Richtung Stadt.

Leyla blieb im Gewitter zurück.

10
Max

Rundhaus Pankow-Heinersdorf/
Montag, 15 Uhr 18

Schwarzer Blitz auf gelbem Warndreieck. Leylas Hand schwebt kurz vor dem Kasten mit dem Gefahrenzeichen.

»Stopp!«, rufe ich und schiebe sie weg. »Ich will nicht, dass du gegrillt wirst! Lass mich das machen.« Vorsichtig öffne ich den Starkstromkasten. Ich sehe die Filmdose sofort. Sie klemmt zwischen einem Gewirr alter Kabel.

»Warum habe ich nur den Eindruck, Red hasst mich?«, murmele ich. Dann hole ich tief Luft und greife nach der Filmdose.

Keine zehntausend Volt jagen durch meinen Körper. Es passiert absolut nichts.

»Habe ich doch gesagt: völlig ungefährlich«, meint Leyla und nimmt mir das Döschen ab. Sie knackt es auf und kippt den Inhalt auf ihre Handfläche. »Was haben wir denn da? Überraschung – ein Schlüssel!«, verkündet sie und hält ihn hoch, damit ich ihn auch sehen kann. Es ist keiner von den alten, verrosteten aus dem Werkzeugkasten. Nein, der hier sieht so aus wie ein Zimmerschlüssel, und er hängt an einem roten Band.

»Kein Hinweis darauf, dass man den Schlüssel zurückbringen soll. Dieser Cache steht garantiert nicht im Internet, den hat Red nur für uns gemacht«, überlegt Leyla. »Ich glaube, der Schlüssel öffnet die Tür in einem Lost Place. Aber nicht hier. Das ist der Beginn eines Multis. Siehst du, die Koordinaten für die nächste Station!« Sie hält einen Zettel ins Licht meines Smartphones.

Doch ich werfe einen Blick auf meine Uhr. 15 Uhr 20. Wenn ich es noch halbwegs rechtzeitig zum Training schaffen will, muss ich allmählich los. »Schade, ich habe keine Zeit mehr. Lass uns morgen weitermachen, okay?«

Als ich Leylas Gesicht sehe, weiß ich, dass ich gerade was Falsches gesagt habe. »Wenn dir dein Training wichtiger ist als ein Freund, dann geh einfach.« Sie klettert aus dem Schacht.

»Red und ich sind nicht befreundet«, sage ich zu ihrem Rücken. »Klar, er ist ein interessanter Typ ...« Aber die Wahrheit ist, dass ich ihn nicht besonders sympathisch finde. Und ich glaube, er mag mich noch weniger.

»Wir sind nur Bekannte, die manchmal zusammen cachen gehen.«

Ich warte darauf, dass Leyla sich zu mir umdreht, mir zustimmt. Aber sie klettert einfach weiter. Wie eben in meinem Zimmer wirken ihre Bewegungen unruhig, getrieben von etwas, das ich nicht verstehe. Nur eines begreife ich: Sie wird die Suche nach Red nicht aufgeben.

Die Vorstellung, dass meine Freundin allein irgendwelche Lost Places durchforstet, gefällt mir gar nicht. Alles nur wegen diesem Idioten und seinem komischen Cache!

Doch sie geht gerade aus dem Rundhaus, ohne sich nach mir umzusehen. »Jetzt lass den doch!«, rufe ich und steige ihr nach, die Leiter hoch. »Das ist nur Reds Masche, um Aufmerksamkeit zu kriegen!« *Deine Aufmerksamkeit*, will ich hinzufügen, aber da hat Leyla das Rundhaus schon verlassen.

Als ich hinter ihr ins Freie trete, blendet mich das Licht so stark, dass ich die Augen zukneife.

Fast wäre ich in Leyla hineingelaufen, die endlich stehengeblieben ist und mich anfaucht: »Du checkst es einfach nicht, Max! Glaubst du nicht, jemand, der mitten in einem Gewitter nach einem Cache taucht, könnte noch was Krasseres machen? Irgendwas Endgültiges ...« Sie verstummt.

»Was meinst du mit *endgültig*?«

»Dass der ... dass der sich was antun könnte.«

Jetzt kann ich Leylas Gesicht wieder deutlich erkennen. Es sieht ängstlich aus.

Ich schlucke. »Quatsch!«, behaupte ich. »Red doch nicht, der macht so was nicht!«

»Warum nicht? Wusstest du, dass Selbstmord nach Verkehrsunfällen die zweithäufigste Todesursache bei Leuten in unserem Alter ist? Zieh dir das mal rein.«

Ja, das wusste ich. Ich versuche, die spärlichen Puzzleteile von Red zu einem Bild zusammenzusetzen. Ist das die Persönlichkeit eines Selbstmörders? Plötzlich habe ich dasselbe Gefühl im Magen, das man manchmal im Aufzug kriegt. Das

Gefühl, sehr schnell zu fallen. »Glaubst du echt?«, frage ich mit belegter Stimme.

»Ich weiß doch auch nicht«, antwortet Leyla. »Aber Red ist immer so extrem ... Du hättest hören sollen, was er damals am Müggelsee alles vom Stapel gelassen hat. Dass es Schlimmeres gibt als den Tod und solche krassen Sachen.« So wie sie mich ansieht, erwartet Leyla wohl eine eindeutige, ablehnende Reaktion von mir. Aber die kommt nicht.

»Na ja, ist 'ne persönliche Entscheidung«, murmele ich.

»Das ist nicht dein Ernst!« Leyla funkelt mich an. »Du meinst also, jeder, der mal eine schlechte Phase durchlebt, hat das Recht, sich umzubringen? Ohne Rücksicht darauf, dass die Angehörigen wahrscheinlich für den Rest ihres Lebens einen Knacks davon weghaben? Ohne Rücksicht darauf, dass der nächste Tag vielleicht besser geworden wäre?«

»Nein, ich meine nur, wenn es richtig schlimm ist ...«

Leyla zieht die Augenbrauen hoch. Mit ihr zu diskutieren, ist wie gegen Ian Thorpe bei den

Olympischen Spielen im Freistil anzutreten. Aussichtslos.

»Vergiss es«, murmele ich.

»Nee, ich will das jetzt wissen«, hakt Leyla nach. »Was ist denn richtig schlimm? Gib mal ein Beispiel.«

»Eine tödliche Krankheit. Erdrückende Schulden. Liebeskummer.« Ich lache. »Keine Ahnung. Ist individuell, denke ich. Wenn es keinen Ausweg gibt. Wenn man es einfach nicht mehr aushalten kann.« Leyla scheint noch auf den entscheidenden Teil meiner Erklärung zu warten. Aber ich kann es nicht besser ausdrücken.

»Ich glaube, einen Ausweg gibt's fast immer«, sagt sie schließlich. »Vielleicht braucht Red gerade Hilfe beim Suchen.«

Dieses ganze Gerede zieht mich runter. Mit einem Typen, der vielleicht plant, sich was anzutun, möchte ich nichts zu tun haben. Ich will weg. Ich will zum Training, einfach ein paar Bahnen durchziehen und die Sache mit Red vergessen.

»Wenn du immer noch gehen willst, geh ruhig«, sagt Leyla, als hätte sie meine Gedanken erraten.

»Aber ich suche weiter. Ich muss mit Red reden ... rausfinden, was los ist.« Sie betrachtet den Schlüssel mit dem roten Band. Dann hängt sie ihn sich um den Hals.

Als ich die Hände in den Hosentaschen vergrabe, spüre ich in der einen Tasche das kleine Paket. Es fühlt sich warm an, als würde es im Stillen glühen. Wie seltsam, dass ich die ganze Zeit ein Schloss mit mir herumtrage, von dem Leyla nichts weiß.

Jetzt ist sie so auf Red fixiert, das ist nicht der richtige Moment. Es bringt auch nichts, wenn ich Leyla sage, wie schwierig bis unmöglich es ist, in Berlin das Schloss zu finden, in das ihr gefundener Schlüssel passt. Wenn sie sich einmal etwas in den Kopf gesetzt hat, zieht sie es durch. Genau wie damals am Müggelsee, als sie darauf bestanden hat, mitten im Gewitter bei Red zu bleiben. Ich habe es hinterher bereut, dass ich die beiden alleine gelassen habe. War ein Scheißgefühl, im trockenen Spreetunnel zu warten und nicht zu wissen, was Sache ist.

»Okay, okay«, lenke ich ein. »Einmal das Training verpassen kann ja nicht so schlimm sein.«

Dabei lasse ich es sonst nur ausfallen, wenn ich richtig krank bin. Letzten Winter musste der Trainer mich heimschicken, als ich eine schwere Bronchitis hatte.

Aber Leylas Lächeln ist es wert.

»Zeig noch mal den Zettel mit den nächsten Koordinaten«, bitte ich.

Vor uns liegt der Tag, liegt Berlin mit tausend unerschlossenen Räumen. Vom Rundhaus breiten sich die verrosteten Schienen in alle Himmelsrichtungen aus, schlängeln sich durchs Unterholz, enden im Nirgendwo oder führen weiter, weiter ... Leyla und ich folgen ihnen.

11
Leyla

Ufer des Müggelsees/
fünf Wochen zuvor

»Bis gleich! Ich warte im Spreetunnel auf euch«, rief Max und radelte davon.

Die ersten Tropfen wisperten in den Blättern, benetzten den Waldboden. Ein intensiver Geruch nach Erde stieg auf. Leylas Herz klopfte, als sie ans Seeufer zurückkehrte.

Draußen, bei der roten Boje, sah sie Reds Kopf auf dem Wasser tanzen. Kurz darauf war er wieder verschwunden. Untergetaucht. Der Regen wurde heftiger, er strömte an ihrem Körper herab, bis selbst ihre Unterwäsche durchgeweicht war. Frierend, die Arme vor dem Körper verschränkt, lief Leyla am Ufer auf und ab. Was sollte sie tun, wenn Red nicht wieder auftauchte? Angestrengt starrte sie zu der roten Boje hinüber, bis Regenschleier die Sicht verwischten.

Ein Plätschern. Red stieg aus dem Wasser und kam auf sie zu. Sollte sie ihn schlagen oder ihm um den Hals fallen?

»Du bist ja noch hier«, sagte er und lächelte sie mit seinem Fuchslächeln an.

»Ja, ich … ich dachte … jemand muss doch auf dich aufpassen.«

»Danke. Aber du zitterst ja …« Sanft zog er sie in den Schutz der Bäume hinüber. »Du hattest wirklich Angst um mich, oder?«

Leyla merkte, wie es in ihr bebte, wie sie die Fassung verlor. »Ja, jeder normale Mensch hätte da Angst gehabt!«, stieß sie hervor. »Warum hast du das gemacht? So eine hirnverbrannte Aktion nur wegen einem dummen Cache!«

»Ich finde, man muss um Dinge kämpfen, die einem wichtig sind«, entgegnete Red.

»Aber du hättest sterben können!«

Red zuckte die knochigen Schultern. »Gibt Schlimmeres.«

»Was denn?!«, schrie Leyla ihn an. Sie hasste es, dass er sie so sah, so aufgelöst. »Was kann bitte schlimmer sein als der Tod?«

»Wenn du in einem Leben festhängst, das sich falsch und sinnlos anfühlt«, antwortete Red in einem Tonfall, der jeden Widerspruch wegwischte. »Ich will spüren, dass ich am Leben bin, *richtig* am Leben! Ich will ... all das ...« Er machte eine raumgreifende Geste vor dem blitzdurchzuckten Himmel, die gleichzeitig großartig und albern wirkte. »Bitte nicht sauer sein, Leyla. Ich weiß, du kannst mich verstehen! Schau doch ...«

Am Himmel wuchsen Bäume aus weißem Licht. Donner dröhnte in ihren Ohren, als spielte ein kosmisches Orchester auf. Es gab jetzt keinen Abstand mehr zwischen Licht und Schall. Das Gewitter tobte direkt über ihnen.

Red stand so dicht vor ihr, dass sie ihr Spiegelbild in seinen Augen erkennen konnte. Aber das war nicht die Leyla, die ihr jeden Morgen aus dem Badezimmerspiegel entgegenblickte. Nein, es war eine Fremde mit glühendem Gesicht und blitzdurchwirktem Haar.

Red drückte Leyla den aus dem Wasser geborgenen Cache in die Hände wie ein Geschenk. »Bitte mach ihn auf!« Im Inneren der Tupperdose lagen ein kleines rotes Notizbuch und ein Bleistift.

»Trag dich ein.«

»Aber ich hab doch gar nicht geholfen, den Cache zu bergen«, widersprach Leyla.

Red hielt ihr den Stift hin. »Vielleicht bin ich ja nur deinetwegen nach dem Cache getaucht. Vielleicht bin ich nur so weit rausgeschwommen, weil ich gehofft habe, dass du am Ufer auf mich aufpasst?«

Leyla wusste nicht, was sie darauf antworten sollte. Zögernd griff sie nach dem Stift und dem roten Notizbuch und unterzeichnete mit dem Pseudonym, das sie auch im Internet verwendete: *Geo-Grete*. Red schrieb seinen Cacher-Namen so dicht unter Leylas, dass der Schwung seines *R* sich mit ihrem Schriftzug überlappte. Als würden die Buchstaben sich küssen. Als würden ihre Namen zusammengehören.

Die Donnerschläge klangen jetzt gedämpfter. Das Gewitter zog weiter. Nur der Regen prasselte mit unverminderter Heftigkeit auf die Blätter des Baumes, unter dem sie standen. »Kommst du mit, den Cache zurückbringen, Geo-Grete?«, fragte Red.

»Ich ... ich hab doch gar kein Badezeug dabei«, stammelte Leyla. Angesichts der Tatsache, dass sie komplett durchweicht war, nicht gerade die intelligenteste Antwort. Red zog eine Augenbraue hoch.

»Also gut«, sagte Leyla. Und warum auch nicht? Ganz kurz streifte sie das Bild von Max' Grinsen. Aber am Badengehen war ja nichts Unrechtes, oder? Bevor Leyla es sich anders überlegen konnte, zog sie das klatschnasse Topp über den Kopf. Warum hatte sie heute Morgen nur diesen alten BH angezogen? Reds Blick streichelte über ihre Haut, sie spürte, wie sich die Härchen aufrichteten, ob aus Kälte, Verlegenheit oder Erregung, wusste sie nicht.

Schnell griff Leyla nach der Tupperdose und rannte das Ufer hinunter, in den See hinein. So weit, bis das Wasser ihr bis zur Hüfte ging, bis es tief genug war, sich fallen zu lassen und sich zu verbergen.

Sie drehte sich nicht um, sie hielt auf die Boje zu. Nein, sie drehte sich nicht um, aber sie hörte an dem Plätschern, dass Red hinter ihr herschwamm, und das machte sie so unfassbar, so bescheuert glücklich. Die rote Boje kam näher.

Der See hatte auch eine Gänsehaut, unzählige Tropfen wühlten seine Oberfläche auf. Das Wasser hatte sich in den letzten Sonnentagen erwärmt und war jetzt wärmer als die Luft, fast so warm wie Blut, wie ihr Körper, sie fühlte kaum einen Unterschied, keine Grenze. Alles war verbunden, das Gewitter, Red, Max, die rote Boje, die nun direkt vor ihr trieb.

Strampelnd hielt sich Leyla über Wasser, spürte die kälteren Schichten, die von den Bewegungen ihrer Beine aufgewirbelt wurden. Sie holte tief Atem und ließ sich nach unten sinken.

12
Max

Schwimmbad/
Montag, 16 Uhr 14

»Das ist ein schlechter Witz, oder?«

»Witz oder nicht, das sind die richtigen Koordinaten«, entgegnet Leyla. »Eindeutig kein offizieller Cache. Die allgemeinen Richtlinien verbieten Caches in öffentlichen Einrichtungen, in denen man Eintritt zahlen muss.« Sie zieht die Eingangstür auf, warme Luft und der vertraute Geruch nach Chlor schlagen uns entgegen.

Das Problem ist: Ich hätte bereits vor einer Viertelstunde durch diese Tür treten müssen, die Tasche mit meinem Schwimmzeug über der Schulter. »Du weißt doch, dass die gerade trainieren!«, zische ich und drücke die Tür wieder zu. »Was soll mein Trainer denken, wenn ich erst unentschuldigt fehle und dann hier reinspaziere?«

Leyla mustert mich einen Augenblick. »Typisch«,

sagt sie nur und entfernt sich ein paar Schritte. Ich folge ihr.

»Was meinst du? Was ist typisch?«

Zusammengekniffene Lippen. »Nichts.«

Dieses *Nichts* hört sich an wie *Alles*. Ich hasse solche Spielchen, ich kapiere die nicht. Leyla starrt mich an, als würde sie irgendwas Bestimmtes erwarten. Aber ich habe keine Ahnung, was.

»Hier geht's vielleicht um ein Menschenleben – und dein größtes Problem ist, was andere von dir denken?«, sagt sie schließlich. »Warum wundert mich das noch? Ist ja längst klar, was deine Prioritäten sind. *Nee, heute passt es nicht, ich hab noch Training*. Echt, ich kann's nicht mehr hören!«

»Wenn man vorne mit dabei sein will, muss man sich eben reinhängen.«

»Kannst du auch selber denken oder wiederholst du nur die Worte deiner Eltern?«, fragt Leyla. »Mama und Papa haben dich mit zehn zum Schwimmtraining angemeldet, und seitdem taperst du brav da hin, jede Woche, von Montag bis Freitag ...« Sie sieht mir in die Augen. »Macht dir das Schwimmen überhaupt Spaß, Max?«

Ich verschränke die Arme vor der Brust, stelle mir vor, dass ihre Worte einfach von mir abperlen wie Wasser.

»Ich glaube, du bist so damit beschäftigt, die Erwartungen anderer zu erfüllen, dass du gar nicht mehr nachdenkst, was du selber eigentlich willst. Dein Leben ist so ... stromlinienförmig, ich könnte kotzen!«

Es klappt nicht mit dem Abperlen lassen. »Sag mal, was ist eigentlich dein Problem?«

»Ich hab nur manchmal das Gefühl ...« Leylas Wut verraucht, sie lässt die Schultern hängen und sieht auf einmal furchtbar niedergeschlagen aus »... das Gefühl, dass ich nur so eine Art Accessoire für dich bin. Die Freundin, die das perfekte Leben von Maximilian Kempe vollständig macht. Die man irgendwie noch reinquetscht zwischen Schwimmtraining, Lernen und dem coolen neuen Hobby Geocaching.« Ihre Stimme wird ganz leise. »Weißt du, es fühlt sich an, als wäre ich dir nicht besonders wichtig.«

Ich kriege einen Schreck, als ich merke, dass Leyla mit den Tränen kämpft. Während ich noch überlege, was ich antworten soll, setzt sie sich auf die Schwimmbadtreppe, den Blick von mir abgewandt. Ich starre auf ihre hochgezogenen Schultern. Wie krass, dass sie das denkt, während es sich für mich völlig anders anfühlt.

»Hey, ich schwänze gerade für dich«, versuche ich die Situation aufzulockern. Findet sie leider nicht lustig. Ich stehe eine Weile unschlüssig rum, dann ziehe ich das Geschenk aus meiner Hosentasche. Ich wünschte, ich hätte das Schloss besser verpackt, das Zeitungspapier sieht irgendwie billig aus. Vorsichtig lege ich das Geschenk neben sie auf die Treppenstufe. »Hier, das wollte ich dir eigentlich vorhin schon geben.«

Leyla wirft noch nicht mal einen Blick darauf.

Ich will ihr sagen, dass sie recht hat. Dass es Wichtigeres gibt als Schwimmtraining. Sage aber nichts weiter. Vielleicht versteht sie mich ja, wenn sie das Geschenk aufgemacht hat. »Okay, also ... dann gehe ich jetzt mal da rein und suche diesen Cache.«

Am liebsten würde ich sie an mich ziehen und küssen, aber vielleicht hat sie da im Moment keinen Bock drauf und würde sich wegdrehen und das wäre gerade echt zu hart.

Ich öffne die Tür des Schwimmbads.

Auf der einen Seite des Schwimmbeckens dümpeln ein paar Omis mit Poolnudeln im Wasser. Auf der anderen Seite trainiert mein Team. Schilling steht am Beckenrand und beobachtet, wie die Jungs ihre Bahnen kraulen.

»Achte auf deine Beine, Ben! Mehr Tempo!«

Schilling ist Sportstudent und nur ein paar Jahre älter als wir. Manchmal diskutieren wir in der Umkleide darüber, ob er schon Schamhaare hat, Bartwuchs ist jedenfalls kaum vorhanden. Vielleicht vom vielen Chlor weggeätzt.

»Schön, dass du uns doch noch mit deiner Anwesenheit beehrst, Max!«, ruft er.

Mein Versuch, mit den gekachelten Wänden zu verschmelzen, war wohl ein Fehlschlag.

»Ja, tut mir leid, aber ...«

»Kein Aber«, unterbricht mich Schilling. Er zieht mich ein paar Schritte vom Beckenrand weg und senkt vertraulich die Stimme. »Du bist einer unserer vielversprechendsten Leistungsträger, Max. Aber Erfolg kommt einem nicht zugeflogen, nur weil man etwas Talent mitbringt. Erfolg muss man sich erarbeiten, und dazu gehört, pünktlich zum Training ... Sag mal, was hast du da eigentlich an?«

Boxershorts. Geht ja nicht anders, habe kein Schwimmzeug dabei.

»Ähm, das wollte ich schon die ganze Zeit sagen ...«, druckse ich herum. »Ich bin heute nicht zum Training hier.«

Schillings farblose Augenbrauen wandern nach oben. Kein gutes Zeichen.

»Ich kann's schlecht erklären, aber ich suche etwas, und es ist wirklich, wirklich wichtig, dass ich es finde. Morgen komme ich wieder ganz normal und pünktlich zum Training, versprochen!«, füge ich schnell hinzu. »Aber heute kann ich nicht mitmachen, tut mir leid.«

Schillings Augenbrauen sind inzwischen fast im Haaransatz verschwunden. Die anderen Jungs hängen am Beckenrand und wollen wissen, was da gerade abgeht. Selbst die Omis gucken zu uns rüber.

»Also, ich will nicht stören.« Ich mache eine entschuldigende Geste und versuche mich zu verdrücken. »Am besten ihr beachtet mich gar nicht.«

Schillings Stimme trieft vor Sarkasmus: »Ihr habt's gehört, Jungs, am besten, wir beachten ihn gar nicht.« Er klatscht in die Hände. »Hab ich was von aufhören gesagt?! Weiter geht's!«

Während meine Teamkameraden wieder anfangen, ihre Bahnen zu ziehen, bewege ich mich langsam mit meinem Smartphone durch die Schwimmhalle. Schillings argwöhnische Blicke brennen auf meiner Haut. Dieser Cache in meinem Trainings-Hallenbad ist an mich adressiert, so viel ist klar. Dem GPS-Signal nach muss er sich im hinteren Teil der Schwimmhalle befinden. Doch wo genau, verdammt? Reds Nummer mit dem Stromkasten fällt mir ein. Aus irgendeinem Grund scheint der Typ einen richtigen Brass auf mich zu haben. Bestimmt hat der Spinner wieder ein besonders fieses Versteck gewählt, etwas Provozierendes, etwas, das mich Überwindung kosten wird ... Mein Blick schweift durch die Halle und bleibt an den Sprungtürmen am hinteren Ende des Beckens hängen, die ich normalerweise meide. Höhen sind nicht so meins. Das weiß Red spätestens seit dem Klettercache auf dem alten Fabrikgelände. Die Leiter, die an dem zwanzig Meter hohen Schornstein klebte, sah aus wie ein dünnes Drahtgestell. Ich habe dankend abgelehnt, und Red ist die Leiter hochgestiegen, als sei es ein Sonntagsspaziergang. Bestimmt wollte er vor Leyla angeben. Als er uns von oben zuwinkte, hatte ich das starke Gefühl, dass er sich über mich lustig macht.

Das Gefühl habe ich jetzt wieder, als ich auf die Sprungtürme zugehe. Manchmal habe ich Albträume vom Fallen ... oder, dass ich mich vor versammelter Mannschaft blamiere. Jetzt stecke ich mitten in so einer absurden Albtraum-Situation, aber ich kann nicht aufwachen. Ich kann mich nicht drücken. Unter den neugierigen Blicken meiner Mannschaftskameraden taste ich die Metallleitern des Ein- und Dreimeterturms nach einem magnetischen Nano ab. Die Jungs halten mich wahrscheinlich für ein Weichei, das sich nicht traut zu springen, und Schilling hält mich für einen Unruhestifter. Mann, guckt der angepisst.

Leider kann ich nicht warten, bis die Muggel weg sind. Also lächeln und winken, wie die Pinguine aus *Madagaskar* auf geheimer Mission. Dem Schilling zurufen: »Äh, meine Uhr … ich hab meine Uhr verloren. Erbstück.« Ich hätte besser die Fresse gehalten, aber zu spät. Mit einem schummrigen Gefühl im Bauch lege ich mich platt aufs Dreimeterbrett und taste die Unterseite ab.

Unter mir pflügen meine Teamkameraden in geraden Bahnen durchs Wasser. Sonst bin ich ganz selbstverständlich Teil davon. Es ist ungewohnt, plötzlich Beobachter zu sein. Von hier oben wirken die Anstrengungen der anderen irgendwie albern. Wie die sich einen abstrampeln. Eine Bahn, noch eine … Wofür dieses ewige Hin und Her? Das Sprungbrett vibriert unter meinem Körper, ich hänge in der Luft. Leylas Frage fällt mir ein. Schwimmen ist schon so lange Teil meines Lebens, dass es dazu irgendwie keine Alternative zu geben scheint. Aber macht es mir überhaupt noch Spaß? Die schwarzen Markierungslinien der Bahnen verschwimmen vor meinen Augen, unter mir schimmert ein türkisblauer Abgrund.

Schwindelig, die Augen halb zugekniffen, taste ich die Unterseite des Sprungbrettes ab. Da! Meine Fingerkuppen stoßen gegen eine Unebenheit, einen kleinen Pickel aus Metall. Ich ziehe und der Nano fällt in meine Hand. Ein *Yeah!* rutscht mir raus.

Unten hält einer der Schwimmer inne und schaut zu mir hoch. Der nächste krault gegen ihn – und schon versinkt das Training in spritzendem Chaos.

Jetzt springen, eine fette Arschbombe mitten rein. Red würde springen und sich einen Scheiß um die Konsequenzen scheren. Red, der ins Gewitter eintaucht, während ich aus dem Wasser raus bin.

Und wieder kneife ich. Ich hab's echt nicht so mit Höhen. Als ich, den Nano fest in der Hand, die Turmleiter runterklettere, werde ich schon von Schilling erwartet. Ich lächele ihn an. Doch sobald ich wieder auf festem Boden stehe, packt er meinen Arm und zischt: »Was ziehst du hier ab? Glaubst du, das ist alles ein großer Witz?!«

»Nein, ich …«, stottere ich.

Schilling hört mir gar nicht zu. »Du brauchst morgen nicht zu kommen. Den Rest des Monats bist du vom Training suspendiert!«

Vom Sprungturm bin ich heil wieder runtergekommen, aber jetzt habe ich das Gefühl zu fallen. Der Aufprall ist hart. Ich starre Schilling an. Das kann er doch nicht machen? Was werden meine Eltern sagen?

Vielleicht sollte ich mich entschuldigen, vielleicht wäre damit noch was zu retten. Doch das Einzige, was ich rausbringe, ist ein klägliches: »Aber ... aber in drei Wochen ist doch der Wettkampf.«

»An dem du nicht teilnehmen wirst«, erklärt Schilling in ruhigerem Ton. »Auch wenn du einer unserer stärksten Schwimmer bist, für die Staffel brauche ich einen Teamspieler und keinen Clown. Ich brauche Leute, die hundert Prozent geben.« Ich muss ihn wohl fassungslos angestarrt haben, denn er klopft mir auf die Schulter. »Hey, ich mach das nicht, um dich zu bestrafen. Ich will nur, dass du in Ruhe darüber nachdenkst, was dir wichtig ist, Max.« Damit wendet er sich ab.

Na toll, alle wollen von mir, dass ich über mich und mein Leben nachdenke. Alle zerren sie an mir. Nichts kann ich richtig machen.

Ich spüre die Blicke meiner Teamkameraden, als ich die Schwimmhalle verlasse. Eins steht fest: Jetzt habe ich jede Menge Zeit rauszufinden, ob ich das Schwimmen wirklich vermisse.

Leyla wartet immer noch auf der Treppe, als ich aus dem Schwimmbad komme. Sie hat die Arme um die Knie geschlungen und ihren Kopf darauf gebettet. So erschöpft sieht sie aus, dass sie mir richtig leidtut. Erst als sie meine Schritte hört, öffnet sie die Augen. »Und wie lief's?«, fragt sie.

»Läuft bei mir«, erkläre ich und setze mich in vorsichtigem Abstand neben sie auf die kalten Stufen. »Schilling hat mich vom Training suspendiert.«

»Echt?« Betroffen schaut sie mich an. »O Shit, das tut mir leid.«

»Tja.« Ich zucke die Achseln, das geht nicht an mich ran.

Meine letzte längere Trainingspause hatte ich mit dreizehn, nachdem ich mir beim Schulsport den Knöchel gebrochen hatte. Mit dem Gips konnte ich nicht schwimmen. Sonst habe ich auch nicht viel gemacht, außer im Bett zu liegen, Musik zu hören und die Wand anzustarren. Meine Eltern sorgten sich, weil ich die Schule schleifen ließ. Damals bekam ich die dämlichen Papageien. Meine Mutter meinte, es täte mir gut, mich um etwas Lebendiges zu kümmern. Sie waren kurz davor, mich zum Psychodoc zu schicken, aber dann kam endlich der Gips ab. Ich konnte schwimmen. Alles war wieder im Lot.

Bis heute.

»Zumindest habe ich den Cache.« Ich lege Leyla den Nano in die Hand wie ein Versöhnungsgeschenk. Sie öffnet ihn, studiert die Koordinaten auf dem winzigen Zettel, streicht sich eine Haarsträhne aus dem Gesicht. Die Geste ist so vertraut, dass ich grinsen muss.

»Was ist?«, fragt sie und schenkt mir ein halbes Lächeln.

Nein, ich will mich nicht wieder mit ihr zoffen. Aber es muss raus.

»Ich weiß nicht, ob wir mit der Suche weitermachen sollten.«

»Warum?!« Leylas Rücken strafft sich, bereit für die nächste Streitrunde.

»Der Cache in der Schwimmhalle war ...« Ich suche nach dem richtigen Wort. »Der war nicht sehr nett«, erkläre ich lahm. »Ich habe ein ungutes Gefühl bei der Sache.«

»Verzweifelte Menschen haben anderes im Kopf, als nett zu sein.«

Wahrscheinlich bin ich selbst kein besonders guter Mensch. Denn es kotzt mich an, ständig für diesen Typen zurückzustecken, selbstmordgefährdet oder nicht.

»Mein Geschenk – hast du es aufgemacht?«, frage ich mit klopfendem Herz.

»Nein, noch nicht.«

Reds Cache ist ihr wichtiger als mein Geschenk.

»Ich war noch so sauer auf dich«, fügt Leyla schnell hinzu, als sie meinen Gesichtsausdruck sieht. »Egal was da drin ist, ich hätte es scheiße gefunden. So will ich nicht sein, so unfair und fies. Ich will dir und deinem Geschenk gerecht werden. Gib mir ein bisschen Zeit, dann mach ich es später in Ruhe auf, okay?«

»Okay«, sage ich. Obwohl es besser gewesen wäre, wenn Leyla das Geschenk einfach geöffnet hätte. Dann wäre unser blöder Streit bestimmt vergessen und zwischen uns wieder alles klar. Ohne dass wir groß reden müssten. Das rote Schloss würde alles sagen.

Nur für Leyla und das rote Schloss mache ich weiter bei dieser bescheuerten Suche mit.

»Das ist doch jetzt ein schlechter Witz, oder?«, stöhnt Leyla zehn Minuten und eine S-Bahn-Fahrt später.

»Witz oder nicht, das sind die Koordinaten.« In mir breitet sich ein kleines, schmutziges Gefühl von Genugtuung aus, als ich ihr diesen Spruch reindrücke. Die Koordinaten haben uns erneut an einen vertrauten Ort geführt: Diesmal stehen wir vor dem Mehrfamilienhaus, in dem Leyla mit ihrer Familie lebt.

Die Vorstellung, dass wir so wenig über Red wissen, aber er so viel über unser Leben, finde ich irgendwie unheimlich.

»Bevor wir anfangen, den Vorgarten umzugraben, muss ich erst mal aufs Klo.« Mit diesem Kommentar schließt Leyla die Haustür auf, und wir laufen durch das schummrige Treppenhaus, vorbei an der Wohnung von Oma Grete, in der seit kurzem jemand Fremdes lebt, bis in den zweiten Stock.

»Hallo!« Bevor Leyla aufschließen kann, reißt ihre kleine Schwester schon die Wohnungstür auf und verkündet strahlend: »Wollt ihr mitmachen? Ich gucke alle Filme von Harry Potter *hintereinander*! Amir hat gesagt, ich darf«, fügt Günay hinzu, bevor sie zurück ins Wohnzimmer flitzt.

Leyla hämmert gegen die Zimmertür ihres zwölfjährigen Bruders und öffnet sie, ohne auf ein *Herein* zu warten. »Das verstehst du also unter aufpassen?! Die Kleine stundenlang vor der Glotze zu parken?«

Amir, der offenbar gerade in ein Computerspiel vertieft gewesen ist, springt erschrocken auf. »Schon mal was von *Privatsphäre* gehört?«, geht er erstaunlich schnell zum Gegenangriff über. »Und wenn du einen auf pädagogisch wertvoll machen willst, pass eben selber auf Günay auf!« Während die beiden streiten, danke ich meinen Eltern innerlich dafür, dass ich Einzelkind geblieben bin, und verdrücke mich ins Wohnzimmer. Dort rettet Harry Potter mal wieder die Zaubererschule Hogwarts, und Günay schaut zu. »Hallo. Magst du Harry auch so gerne?«, fragt sie.

»Nee«, antworte ich. »Ich warte hier nur, bis deine Schwester mit Rumschreien fertig ist.«

»Ach so.« Günay seufzt. »Nie will jemand mit mir gucken. Du nicht, Leyla nicht, Amir nicht, Red nicht ... überhaupt keiner!«

Es dauert einen Moment, dann fällt der Groschen. »Red? Du meinst ... Red war hier, hier in der Wohnung? Wann?«

»Als Harry noch ganz neu in Hogwarts war. Kannst du wieder aus dem Bild gehen, bitte?«

Übersetzt in Erwachsenensprache bedeutet das wohl: zu Beginn von Günays ganz persönlichem Filmmarathon. Das dürfte schon ein paar Stunden her sein. Ich drücke auf die Pausetaste und gehe vor Günay in die Hocke. »Das ist jetzt wirklich wichtig. Du musst mir alles über Reds Besuch erzählen!«

Günay verschränkt die Arme vor der Brust und macht einen auf wichtig: »Also, es hat geklingelt. Amir war in seinem Zimmer, deshalb hab ich aufgemacht. Und da war Red. Ich hab gesagt, Leyla ist nicht da. Aber er ist trotzdem in ihr Zimmer gegangen und hat gar nichts mehr zu mir gesagt. Sonst redet er immer mit mir. Er ist nämlich nett.« Günay macht eine kleine Pause und fügt dann leise und vernichtend hinzu: »Viel netter als du.«

»Uuh, das hat mich jetzt aber getroffen, Günay. Jetzt sag schon, was hat Red in Leylas Zimmer gemacht?«

Günay zuckt die Schultern. »Ich konnte nichts sehen. Die Tür war zu.«

Ich stöhne frustriert.

Jetzt ist die Stunde von Günays Triumph gekommen. »Ich hab nichts *gesehen*«, verkündet sie listig, »aber wenn du den Fernseher wieder anmachst und mit mir den Harry zu Ende guckst, verrate ich dir was.«

»Okay, abgemacht.« Wir schütteln uns die Hände. Super, ich mache Deals mit einer Fünfjährigen.

Sie beugt sich zu mir und flüstert mir ins Ohr: »Ich hab was gehört, durch die Tür. So ein Rattern ...«

13
Leyla

Wohnung von Leylas Familie/
zwölf Tage zuvor

»Rate mal, rate mal, wer da ist!«, sang Günay draußen auf dem Flur.

Als Leyla aus ihrem Zimmer trat, sah sie Red neben ihrer Schwester stehen. »Der Schatzsucher!«, rief Günay, als hätte sie ihn hergezaubert.

»Red?! Woher kennst du überhaupt unsere Adresse?«, fragte Leyla. Nicht gerade die höflichste Begrüßung. Aber uneingeladen in einer fremden Wohnung aufzutauchen war auch nicht besonders höflich. »Stalkst du mich, oder was?«

»Hi, Leyla. Ich ... ähm ...« Reds Zögern bewies ihr, dass sie tatsächlich richtiglag.

»Sag bloß, du bist Max und mir nach unserem letzten Cache gefolgt?«

Ein Fuchsgrinsen. Er wirkte noch nicht einmal besonders beschämt.

»Du hättest mich einfach fragen können«, sagte Leyla. Sie war nicht sauer, eher verwundert und ein kleines bisschen geschmeichelt. Noch nie hatte sich jemand die Mühe gemacht, ihr nachzuspionieren.

»Ich wollte nur mal schauen, wie es dir geht ... Nicht, dass du dich zu Tode langweilst, jetzt, wo Max im Urlaub ist.«

»O ja, mein Leben ohne Freund ist todlangweilig und völlig sinnlos«, bestätigte Leyla und deutete auf ihre offene Zimmertür: »Das höfliche Reinbitten kann ich mir wohl sparen, du hast dich ja schon selbst eingeladen. Aber ich muss dich vorwarnen, ist nicht aufgeräumt ...«

Günay wollte hinter Red ins Zimmer huschen, aber Leyla schob sie wieder hinaus. »Nee, du bleibst mal draußen.« Von der anderen Seite der Tür ertönte Günays trotzige Stimme: »Ich will da gar nicht rein! Die küssen bestimmt. Iiihh!« Dann hörten sie das Trappeln kleiner Füße, die davonflitzten.

Nachdem sie beide wieder eine normale Gesichtsfarbe hatten, sagte Red: »Tja, das ist also dein Zimmer«, und Leyla machte *Hmm* und versuchte möglichst lässig rumzustehen.

Reds Blick schweifte durch das kleine, chaotische Zimmer. Lange betrachtete er die vielen Passbilder, die an ihrem Spiegel klebten.

»Wie man sieht, kann ich ... ähm ... an keinem Fotoautomaten vorbeigehen.«

Leyla wusste nicht, welche Fotos ihr unangenehmer waren: die, auf denen Max und sie peinliche Grimassen schnitten, oder die, auf denen sie rumknutschten. Noch dazu war der halbe Zimmerboden mit Stoffresten für ihr neuestes Nähprojekt bedeckt. Mitten in ihre Scham hinein sagte Red: »Gefällt mir, dein Zimmer.«

»Wirklich?«

»Ja, besonders die Vorhänge mit diesem witzigen Pilzmuster. Sind die selbstgemacht?«

Es war bescheuert, aber Leyla fühlte sich geschmeichelt. Max waren die Vorhänge noch nie aufgefallen. »Ja, Nähen ist sozusagen mein Hobby.«

»Cool. Zeig doch mal.«

»Na gut.« Leyla lachte und setzte sich wieder

an ihr Schätzchen, Oma Gretes alte Nähmaschine. »Nadel aufsetzen und vorsichtig das Pedal durchtreten, dann kann's losgehen. Den Stoff durchziehen, von oben kommt ein Faden und von unten ... siehst du, ist gar nicht so schwer, oder?«

»Bei dir nicht. Wo hast du das gelernt?«, fragte Red.

»Hat mir meine Oma Grete beigebracht«, erzählte Leyla, während sie einen quadratischen Stoffflicken auf die Patchwork-Decke aufsteppte, an der sie gerade arbeitete.

Red lächelt. »Deshalb dein Cacher-Name *Geo-Grete.*«

Leyla nickt. »Genau, ihr zu Ehren. Sie war super. Die Familie von meinem Vater war nicht so begeistert, dass er eine Frau mit türkischen Wurzeln geheiratet hat. Vor allem mein verstorbener Opa. Aber Oma Grete hat von Anfang an hinter meinen Eltern gestanden. Später hat sie dann auf mich und meine Geschwister aufgepasst. Mittags sind wir oft zum Essen zu ihr gegangen, war ja nur ein Stockwerk tiefer.«

Leyla hatte schief genäht. Das war ihr ja schon

ewig nicht mehr passiert! Und wie kam es, dass sie Red so private Dinge erzählte? Sie versuchte sich zu bremsen, doch es ging nicht. Die Nähmaschine ratterte weiter, und ihr Mund erzählte weiter. »Wenn was schlimm war, in der Schule oder so, hat Oma Grete mir immer eine heiße Zitrone gemacht, ›Das wird schon, Kleene‹, hat sie gesagt. Aber klein hab ich mich bei ihr nie gefühlt, weil sie besser zuhören konnte als andere Erwachsene. Bei ihr habe ich mich immer gefühlt, als wäre ich was Besonderes.«

»Klingt nach einer klugen und starken Frau«, sagte Red behutsam. »Was ist passiert?«

»Herzinfarkt.« Das Wort stach in Leylas Mund, kühl und metallisch wie eine Nadel. Sie merkte, wie sich etwas in der Maschine verhakte, aus dem Takt geriet. »Vor drei Monaten. Wir haben nichts gemerkt, dabei wohnen wir doch direkt über ihr. Wir haben einfach nichts gemerkt.« Das Geratter der Nähmaschine erstarb. Stille legte sich über das Zimmer wie ein schwerer, dunkler Stoff.

In diese Stille hinein sagte Red leise: »Das tut mir leid für dich.«

»Für Günay ist es schlimmer.« Leyla versuchte verbissen, die Maschine wieder in Gang zu bringen, aber es funktionierte nicht. Sie kurbelte Nadel und Füßchen hoch und zog den Stoff heraus. Der Unterfaden hatte sich verheddert. Leyla starrte auf das wirre rote Fadenknäuel.

»Günay kann nicht verstehen, dass Oma Grete weg ist«, erzählte sie mit belegter Stimme. »Meine Eltern konnten die Wohnung nicht halten. Also wurde sie ausgeräumt. Alles, was man noch zu Geld machen konnte, hat der Trödeltrupp mitgenommen, und den Rest ...« Leyla räusperte sich, versuchte die aufsteigenden Tränen herunterzuschlucken. »Die Kleider haben sie in gelbe Säcke gestopft, für die Altkleidersammlung. Und Oma Gretes größten Schatz, ihre Stoffsammlung, wollten sie einfach in den Müll ...« Leyla zerrte an den Fäden, aber das machte alles noch schlimmer. »Was ist das hier für eine Scheiße?!«, rief sie und brach in Tränen aus.

Es schien, als wüsste Red nicht genau, wohin mit seinen Armen. Trotzdem hielt er sie irgendwie fest, und das fühlte sich gut an. Leyla weinte, bis sie sich ganz leer fühlte, und dann schluchzte sie noch ein bisschen weiter, und während dieser kleinen Ewigkeit spürte sie Reds warmen Atem in ihrem Haar.

»'tschuldigung«, hickste sie, als sie wieder sprechen konnte, und strich über Reds nasses T-Shirt: »Ich hab dich vollgeheult.«

»Ach, ich lass mich gerne von schönen Frauen vollheulen, Geo-Grete«, antwortete er, und sie lachten, obwohl Leyla innen drin noch alles weh tat.

»Du hast einiges gerettet, oder?«, fragte Red und deutete auf die Stoffreste, die überall um die Nähmaschine herum auf den Boden lagen. »Oma Gretes Stoffsammlung. Ihre Kleider.«

Leyla nickte. Sie nahm die kleine Nähschere und schnitt das Fadengewirr ab. Dann hob sie die unfertige Patchworkdecke hoch. »Das ist ein Stück von dem Kittel, den Oma Grete immer in der Küche anhatte«, erklärte sie und zeigte auf einen geblümten Flicken in der Mitte. Es tat gut, von Oma Grete zu erzählen. Dann wanderte ihr Finger weiter zu einem kleineren sonnengelben Stück rechts daneben. »Aus diesem Stoff hab ich mir mein erstes eigenes T-Shirt genäht. Ja, und das hier ...« Leyla strich liebevoll über das kleine Quadrat aus rotem Brokat, das sie gerade aufgesteppt hatte: »Das ist der Rest von einem Kostüm. Oma Grete hat jahrelang als Theaterschneiderin für die Komische Oper gearbeitet. Sie war so stolz auf ihre Arbeit! Für andere bedeuten diese Stoffreste und Kleider vielleicht nichts ... Aber ich will nicht, dass sie auf dem Müll landen. Ich will etwas daraus machen, etwas Schönes.«

Die bunten Stoffquadrate leuchteten im Sonnenlicht.

»Es soll eine Erinnerungsdecke werden«, erklärte Leyla leise.

Später tranken sie in der Küche eine heiße Zitrone. Leyla hatte immer noch ein schlechtes Gewissen. »Tut mir leid, dass ich dich so zugeschwallt habe«, sagte sie, während Günay sich auf ihren Schoß kuschelte und mit dem Finger Blumen in das verschüttete Wasser auf der Tischplatte malte. »Erzähl doch mal was von dir. Ich weiß noch nicht mal, wo du wohnst.«

»Da gibt's nicht viel zu erzählen.« Die Zitrone war so sauer, dass Red das Gesicht verzog. »Ich lebe bei meiner Mutter. Mein Erzeuger hat sich aus dem Staub gemacht, als ich vier war. Keine Geschwister. Leider, ich habe mir immer welche gewünscht. Dafür wohnt ab und zu einer von Mamas Freunden bei uns. Aber die bleiben nie lange.« Er machte eine kleine Pause und murmelte: »Kaum Erinnerungen, die was für eine Kuscheldecke taugen. Nur ziemlich viele Löcher.«

Leyla wollte gerade nachfragen, wie er das meinte, da setzte Red seine Tasse ab. »Sag mal, Günay, du hast doch Filme von Harry Potter. – Hast du Lust, einen mit mir zu gucken?«

Ihre kleine Schwester sprang so begeistert auf, dass sie ihre Tasse umstieß, und Leylas Versuche, mehr über Red zu erfahren, ertranken in einer Lache Zitronenwasser.

14
Max

Wohnung von Leylas Familie/
Montag, 16 Uhr 55

»Red ist heute Mittag hier gewesen«, berichte ich Leyla, während wir uns zusammen in ihrem Zimmer umsehen. »Er hat irgendwas hier drin gemacht. Was genau, hat Günay nicht mitgekriegt, aber sie hat ein Geräusch gehört. So ein Rattern.«

»Ein Rattern ... vielleicht die Nähmaschine?«, überlegt Leyla. »Ich nähe gerade an einer Erinnerungsdecke aus den alten Stoffen von Oma Grete.«

»Echt? Toll, davon hast du ja noch gar nichts erzählt.«

»Du hast nicht gefragt«, antwortet Leyla ein bisschen patzig.

»Aber Red hat gefragt? Der wusste von deiner Erinnerungsdecke?« Ich höre mich an wie der eifersüchtige Freund. Bin ich ja auch.

Leyla geht zur Nähmaschine hinüber und hebt

einen Stoffpacken hoch. »Red ist mal vorbeigekommen, als ich gerade daran gearbeitet habe.« Langsam entfaltet sie den Stoff, er wird zu einer riesigen, bunten Flickendecke, hinter der der Körper meiner Freundin verschwindet.

»Habt ihr euch öfter getroffen, während ich im Urlaub war?«, frage ich.

»Ein paarmal.« Leyla breitet die Decke auf dem Boden aus und setzt sich mitten darauf. Etwa zwei Drittel der Grundfläche sind bereits mit bunten Quadraten bedeckt. Sie zeigt auf einen Flicken aus rotem Stoff: »Den hier habe ich bei Reds Besuch aufgenäht«, sagt sie und wirft mir einen herausfordernden Blick zu. »Er hat sich sogar erklären lassen, wie die Nähmaschine funktioniert.«

Hat Leyla mit Red auf dieser Insel aus leuchtenden Farben gesessen? »Ganz klar, der Kerl wollte sich bei dir einschleimen.«

»Und Nähen ist alberner Mädchenkram.«

Ich kann spüren, wie Leyla auf ihrer Insel immer weiter von mir wegtreibt. Gern würde ich mich neben ihr ausstrecken, sie an mich ziehen und ihr sagen, dass ihre Decke wunderschön ist.

»So habe ich das nicht gemeint«, lenke ich ein.

Leyla schweigt und streichelt den roten Flicken. Plötzlich stockt sie und murmelt: »Was ist das?!«

»Was denn?« Ich lasse mich vorsichtig neben ihr auf der Decke nieder, als könnte die Insel untergehen, wenn ich eine heftige Bewegung mache.

»Guck mal, siehst du diese Nähte?«, fragt Leyla und deutet auf einige Linien aus schwarzen Stichen. Sie sehen aus wie die Zeichen einer Geheimschrift. »Die sind neu! Ich wette, davon kam das Rattern der Nähmaschine!«

»Red hatte also das dringende Bedürfnis, Nähen zu üben.« Ich mustere kritisch die schiefen Nähte. »Sieht aus, als wäre der Junge echt unbegabt fürs Handarbeiten.«

Auf Leylas bösen Blick hin versuche ich mich zusammenzureißen. »Bestimmt hat das eine Bedeutung. Vielleicht ein Code oder so?«, schlage ich vor.

»Klar, ein Code!«, ruft Leyla. »Wahrscheinlich irgendwelche Koordinaten, die uns zum nächsten Cache führen!«

»Jetzt müssen wir nur noch den Code knacken!«, sage ich lässig und fühle mich genial.

Kurz darauf ist mir von der ganzen Zahlenschieberei schwindelig. Es war eine kluge Entscheidung, Amir als Experten heranzuziehen. Durch seine kniffeligen Computerspiele kennt er sich gut aus. Jetzt brüten Leyla und ihr Bruder über Webseiten mit Entschlüsselungssystemen. Amir kritzelt ein paar Zahlen auf den Zettel, auf den wir die Nähte abgepaust haben: »Wenn man das mit dem gleichsetzt und das mit dem …«

»Das dauert alles viel zu lange!« Leyla schafft es kaum, ruhig auf ihrem Stuhl zu sitzen. Aber wie dünn ihre Nerven sind, wird mir erst klar, als Günay ins Zimmer hüpft, um mich an mein Versprechen zu erinnern. »Komm schnell, Max, du verpasst alles! Harry Potter kämpft gleich mit Lord Voldemort!«

»Hast du nichts anderes im Kopf als deine scheiß Filme?!«, blafft Leyla ihre kleine Schwester an. Mit erschrockenem Gesicht rennt Günay zurück ins Wohnzimmer.

Während Amir etwas von *pädagogisch wertvoll* murmelt, vergräbt Leyla ihr Gesicht in den Händen. »Bok!«, stöhnt sie.

»Überleg doch mal«, sage ich zu ihr. »Wenn jemand wirklich verzweifelt ist, macht er sich dann die Mühe, irgendwelche Codes auf Decken zu nähen? Warum ruft Red nicht einfach an und sagt, wo er steckt und was Sache ist? Das passt doch alles nicht zusammen.«

»Nicht jeder ist so einfach gestrickt und so geradeheraus wie du, Max.« Falls das ein Kompliment sein soll, fühlt es sich nicht wie eines an.

Mein verpacktes Schloss fällt mir wieder ein. Wortlos stehe ich auf und gehe rüber ins Wohnzimmer, wo Günay und Harry auf mich warten. Kaum zu glauben, aber ihre Gesellschaft ist mir gerade angenehmer als die meiner Freundin.

»Du bist ein Genie!« Eine halbe Stunde später hat Amir den Code geknackt. Leyla schmatzt ihrem Bruder einen Kuss auf die Wange, den er schnell wegwischt. Aber er freut sich trotzdem, das kann ich sehen. »Vergiss nicht, die Hälfte von deinem Taschengeld für Oktober«, erinnert er sie. »Genie ist unbezahlbar. Aber Babysitten hat seinen Preis!«

»Kein Problem. Hauptsache, es geht endlich weiter!« Während Leyla den Zettel mit den neuen Koordinaten schwenkt, bleibe ich im Fernsehsessel sitzen.

»Red spielt Spielchen mit uns«, sage ich.

»Schon möglich, aber ich kann hier nicht einfach sitzen und abwarten, dann drehe ich durch. Du musst ja nicht weiter mitkommen«, sagt Leyla, und einen Augenblick lang habe ich das Gefühl, es wäre ihr lieber, dass ich sie allein ließe. Alleine mit ihrer Suche nach Red.

Ich stehe auf. »Wenn du weitersuchst, mache ich auch weiter«, stelle ich klar. »Wo müssen wir hin?«

Der Tag heute ist anders gelaufen als geplant. Trotzdem stehen wir jetzt auf der Brücke des S-Bahnhofs Warschauer Straße. An dem Ort, wo ich mit Leyla das Liebesschloss aufhängen wollte. Der Nachteil dieser Brücke ist, dass man den Schlüssel hier nicht in ein fließendes Gewässer werfen kann. Unter uns glänzen die Bahngleise in der Nachmittagssonne. Dazwischen liegt Müll.

Passanten eilen vorbei, sie beachten weder die

beiden Straßenmusiker an der Ecke noch die Schlösser, die in dichten Girlanden an den Brückengeländern hängen: Schlösser in allen möglichen Größen, Formen und Farben. Ich bleibe stehen und lese ein paar Namen.

»Schön, oder?«, sagt Leyla, die meinen Blick bemerkt hat. Ich nicke. Kühler Herbstwind streicht über meinen Nacken und weht Musikfetzen über die Stadt. Leyla zieht mich weiter.

Rechts von uns liegt Friedrichshain, links kommt man nach Kreuzberg. Das Signal des GPS sagt uns, dass wir rüber zur Friedrichshainer Seite müssen. Wir laufen hundert Meter bis ans Ende der Brücke, an einem Bauzaun entlang, hinter dem sich ein Gewirr von Baracken erstreckt. Plötzlich bleibt Leyla stehen. »Siehst du die beiden Fotoautomaten da vorne?«, fragt sie.

Klar sehe ich sie, einen blauen und einen orangen. Solche Kabinen stehen an vielen Ecken Berlins. *Fotografiere dich selbst! 4 Aufnahmen – 2 Euro!* versuchen ihre Schilder die Touris zu einem schnellen Souvenir zu verlocken. Oder man zwängt sich mit so vielen Leuten rein wie geht, damit man am nächsten verkaterten Morgen nachschauen kann, mit wem man um die Häuser gezogen ist. Oder man macht lustige Pärchen-Fotos. An Leylas Schminkspiegel hängt inzwischen eine ganze Galerie dieser Vier-Momente-im-Leben-von-Max-und-Leyla. Sie zerrt mich in jeden Fotoautomaten, den sie sieht.

»Ich wette, dort finden wir unseren Cache!«, verkündet sie.

»Äh, klar. Und warum genau denkst du das?«, frage ich.

»Nur so ein Gefühl«, murmelt Leyla, aber *ich* habe das Gefühl, dass das nicht die ganze Wahrheit ist. Es ist ein beklemmendes Gefühl. Aber vom Training suspendiert wurde ich ja schon. Was soll also noch Schlimmeres kommen?

Unter den neugierigen Blicken der Touris tastet Leyla die Unterseite des Metallhockers in der orangefarbenen Kabine ab. Ich schließe den Vorhang, setze mich auf den Hocker und ziehe Leyla auf meinen Schoß. »Vielleicht passiert was, wenn wir selbst ein Foto machen.«

»Was soll da passieren?«, fragt sie. »Glaubst du,

der Automat druckt eine Nachricht von Red aus statt eines Fotos?«

Ehrlich gesagt habe ich genau das gedacht, aber das will ich Leyla nicht auf ihre hübsche Nase binden. Wortlos stecke ich ein 2-Euro-Stück in den Schlitz rechts. Auf der Glasscheibe vor uns leuchtet in roten Digitalbuchstaben das Wort *Foto* auf.

Leyla rutscht unruhig auf meinem Schoss hin und her. »Achtung, der löst schneller aus, als man denkt.«

Tatsächlich blendet uns der Blitz, noch während sie spricht. In der dunklen Glasscheibe sehe ich unsere Gesichter gespiegelt, dicht nebeneinander. Normalerweise liebt Leyla es, verrückte Grimassen zu schneiden. Aber dieses Mal verzieht sie keine Miene, obwohl ich für sie den Clown spiele.

Es dauert vier Minuten, bis der Fotostreifen fertig entwickelt ist. Wir haben schon bessere Bilder gemacht, als die, die der Automat nun mit viel Rumpeln und Rumoren aus dem Ausgabeschlitz spuckt. Okay, vielleicht kommt das Rumoren auch von meinem Magen. Ich sterbe vor Hunger! Zum Glück gibt es nur drei Meter weiter eine Imbissbude. Der Typ hinter der Theke sieht ziemlich gelangweilt aus. Als ich einen Döner bestelle, leuchtet sein Gesicht auf.

»Willst du auch was?«, frage ich Leyla, die mit verschränkten Armen vor dem Fotoautomaten steht. Sie schüttelt stumm den Kopf.

Ihr Pech. Der Döner ist gut.

»Das würde ich mir noch mal überlegen!«, ruft der Dönermann: »Geht heute aufs Haus. Ihr dürft euch auch ein Getränk aussuchen.«

»Ist das eine besondere Werbeaktion?«, frage ich verblüfft.

»Nein, jemand hat schon für euch bezahlt. Kam vorhin vorbei und meinte, dass ihr zwei hier demnächst auftauchen würdet und dringend eine Stärkung braucht.« Der Dönermann wirft einen Blick auf etwas in seiner Hand, das aussieht wie ein Fotostreifen. »Ja, ihr seid die Richtigen. Du auf jeden Fall«, sagt er und grinst Leyla an.

Das Fleisch quillt mir im Mund. Mit einem Schlag ist mir der Appetit vergangen.

»Ich soll euch auch was ausrichten.« Der Dönermann räuspert sich, man merkt, dass er die kleine Abwechslung in seinem Arbeitsalltag sehr genießt. Er dreht den Fotostreifen um und liest vor, was auf der Rückseite steht: »*Hört die unerhörten Dinge.*« Als er die Notiz sinken lässt, erkenne ich das Gesicht, das mir von der Vorderseite entgegenlacht. Leylas Gesicht.

Mein Essen fällt zu Boden, und es gibt eine kleine Explosion aus Salat und Joghurtsauce. Im nächsten Moment beuge ich mich weit über die Theke und schnappe dem freundlichen Dönermann den Fotostreifen aus der Hand.

»Hey, immer mit der Ruhe!«, protestiert er. »Ich hoffe, ihr wisst, worauf euer Freund da anspielt, ich hab nämlich keinen Schimmer ...«

Aber ich höre dem Dönermann schon gar nicht mehr zu, ungläubig starre ich auf die billige Schwarzweißaufnahme. Wahrscheinlich ist sie von demselben Automaten, der Leyla und mich vor ein paar Minuten geknipst hat. Es ist die obere Hälfte eines Fotostreifens, zwei Bilder von vier.

Die untere Hälfte des Fotostreifens fehlt. Abgerissen.

15
Leyla

Berlin Mitte/
eine Woche zuvor

»Was ist das denn für ein Cache?«, fragte Leyla.

»Kein Cache. Heute gibt's Kultur.« Red zeigte auf den riesigen Gebäudequader vor ihnen. *Komische Oper Berlin* stand über dem dreitürigen Eingang.

»Ist das nicht ein bisschen früh für eine Vorstellung?« Leyla trat unruhig von einem Bein aufs andere. Sie hatte keine Ahnung von Oper – und kein Bedürfnis, daran etwas zu ändern. Menschen, die sich der Liebe wegen falsche Dolche in die Brust rammten und dabei auch noch sangen, fand sie ebenso lächerlich wie unheimlich.

»Stimmt. Wir warten auf etwas anderes.« Red setzte sich auf die Treppenstufen vor dem Eingang und blickte gelassen in den bewölkten Himmel. Zehn Minuten verstrichen, die Leyla wie eine halbe Ewigkeit vorkamen. Sie stand auf, lief ein bisschen hin und her, setzte sich wieder. »Hat dir schon mal jemand gesagt, dass du ein ganz schöner Geheimniskrämer bist?«, platzte sie schließlich heraus. »Auf was warten wir denn?!«

»Auf die Hüterin der Schlüssel. Da kommt sie.«

Unter *Hüterin der Schlüssel* hätte Leyla sich jemanden vorgestellt, der ein bisschen ... nun ja, opernhafter aussah als dieses zierliche Mädchen. Wie immer, wenn sie jemanden neu kennenlernte, checkte Leyla unauffällig den Kleidungsstil der Person. Keine Markenklamotten-Tussi, so viel war klar. Eher die Sorte *ich kaufe nur Sachen aus fair gehandelter Bio-Baumwolle und fühle mich dir moralisch überlegen*. Außerdem stand sie auf Red, das erkannte Leyla daran, wie sie diskret ihre Brüste an ihn presste, als sie ihn zur Begrüßung umarmte. »Hi, Simon.«

Es dauerte ein paar Sekunden, bis Leyla kapiert hatte, wer mit *Simon* gemeint war. Krass! Sie hatte schon oft darüber nachgedacht, wie Red richtig hieß.

»Hallo, Bea.« Er schob das Mädchen leicht von

sich weg. »Bitte benutz meinen Cacher-Namen. Fühl ich mich wohler mit.«

»Wie du willst, R-E-D. Wer ist das denn?« Grüne Augen hinter einer riesigen Brille musterten Leyla misstrauisch.

»Das ist Leyla«, stellte er sie mit knappen Worten vor. »Sie kommt auch mit.«

Bea lächelte, aber Leyla hätte schwören können, dass das andere Mädchen sie am liebsten auf den Mond geschossen hätte. Ohne Raumanzug.

»Und das ist Beatrix. Ihr Vater arbeitet hier als Hausmeister. Bea, wir würden gerne …« Red beugte sich zu Bea hinüber und flüsterte ihr etwas ins Ohr.

»Extra für dich!«, sagte Bea und schwang den klimpernden Schlüsselbund vor Reds Nase wie ein Hypnosependel. Sie würdigte Leyla keines Blickes, als sie sie zur Rückseite des Gebäudes führte und eine unauffällige Tür aufschloss.

»Wenn Papa merkt, dass ich seine Schlüssel gemopst habe, gibt's Ärger. Los, kommt schon.«

Beatrix eilte voraus, als wolle sie das Ganze so schnell wie möglich hinter sich bringen. Sie folgten ihr durch ein Labyrinth aus kahlen Gängen. Leyla hatte sich das Innere einer Oper viel prunkvoller vorgestellt. Einmal durchquerten sie sogar den schwarzgestrichenen Hinterraum der Bühne. Als Leyla den Kopf in den Nacken legte, konnte sie eine komplizierte Mechanik erkennen, die über ihnen schwebte. Wahrscheinlich wurden mit ihr die Bühnenbilder bewegt, die die Illusion einer anderen Welt erzeugten. Es war ein seltsames Gefühl, hinter die Kulissen zu sehen. Doch Bea führte sie weiter, tiefer hinein in die Eingeweide der Oper.

»Da sind wir«, verkündete sie schließlich und schloss eine der unzähligen Türen auf. Der Geruch, der ihnen aus dem dunklen, stickigen Raum entgegenkam, war Leyla seltsam vertraut. Dann schaltete Bea die Deckenbeleuchtung an. Flackernd erwachten Neonröhren zum Leben, Licht fing sich in unterschiedlichsten Kleidern, Farben flammten auf.

Leyla hatte es die Sprache verschlagen: Unzählige Kostüme hingen wie Stoff gewordene Regenbogen an langen Stangen.

»Ich wusste, dass es dir gefallen würde.« In Reds

Stimme schwang Triumph mit. »Aber warte, das Beste kommt erst noch!« Er wandte sich jetzt an Beatrix. »Nach welchem System sind die Kostüme geordnet?«

Bea zuckte trotzig mit den Schultern. Red sah sie nur an.

»Hier hängen die historischen Kostüme«, antwortete sie schließlich widerwillig und zeigte auf eine Ecke des Raumes. »Da hinten sind Kostüme aus der aktuellen Inszenierung, und die hier vorne sind in sich sortiert. Also Kleider, Röcke, Hosen und so weiter. Was soll das alles?«

Red antwortete nicht, wortlos schritt er die Regale ab. Bei den Barockkostümen blieb er stehen, zog eins der Kleider heraus und hielt es ans Licht. In Leyla glomm eine Ahnung auf. Vor Aufregung bekam sie feuchte Hände. Sie hatte Red erzählt, dass Oma Grete Kostüme für die Komische Oper genäht hatte. War es möglich, dass ...

Red zog einen weiteren Bügel heraus und hielt ein altertümliches Kleid mit weiten Röcken hoch. Es schillerte rot wie der Stoffrest, den Leyla auf die Patchworkdecke genäht hatte.

Kaum zu glauben, dass Red es wirklich gefunden hatte! Leyla wischte ihre Hände an der Jeans ab und berührte das Kleid behutsam wie ein Traumgespinst. Sie war sicher, das war derselbe Stoff wie das Stück, das Oma Grete als Erinnerung an die Sängerin aufbewahrt hatte, deren Strahlen auf der Bühne sie so beeindruckt hatte. »Darf ich es anziehen?«

»Ihr macht doch eh, was ihr wollt«, schnaubte Beatrix und ließ die Tür des Kostümfundus hinter sich zufallen.

Leylas schlechtes Gewissen war schnell verflogen. »Dreh dich um«, befahl sie Red, der ihr gehorsam den Rücken zuwandte. Leyla zog ihre Klamotten aus und streifte das rote Kleid über den Kopf. Es roch nicht nach Oma Grete, sondern leicht muffig. Außerdem war es so weit, dass es ihr über die Schulter rutschte. Doch das Gefühl, eines von Oma Gretes Meisterstücken auf dem Körper zu tragen, war überwältigend.

»Kannst du den Reißverschluss zumachen, Red?« Leyla strich sich die Haare nach vorne. Sie spürte die Berührung von Reds Fingern am Rücken, das Gleiten des Reißverschlusses über nackte Haut. Plötzlich musste sie daran denken, wie sie und Max sich zum ersten Mal voreinander ausgezogen hatten. Damals hatte sie dieselbe Erregung gespürt. Langsam drehte sie sich um.

»Du siehst wunderschön aus.« Reds leise, belegte Stimme vibrierte in ihrem Bauchnabel.

Leyla spürte, wie ihr Gesicht heiß wurde. Sie hatte nicht viel Übung mit Komplimenten. »Muss das Kleid sein.«

»Nein, das ist nicht das Kleid … das bist du. Deine Oma hatte recht, du bist was Besonderes, Leyla«, sagte Red und sank vor ihr auf die Knie wie ein Operndarsteller. Leyla kicherte. Doch Reds Blick blieb starr und ernst auf sie gerichtet. Plötzlich fühlte sie sich, als stünde sie auf der Bühne im Scheinwerferlicht – ohne einen blassen Schimmer von ihrer Rolle. Als Red seine Lippen auf ihren Handrücken presste, zog Leyla irritiert die Hand weg. »Was soll das? Komm, steh auf!«

Aber Red blieb in dieser Position, bis Leyla sich wegdrehte. In der angespannten Stille wünschte sie sich plötzlich, Max wäre hier. Bestimmt würde er einen dummen Witz über Opernsänger machen. Dann würden sie alle zusammen lachen, und ihr Lachen würde diese angespannte Stille vertreiben.

»Hilfst du mir noch mal mit dem Reißverschluss?«, fragte sie mit gepresster Stimme. Erst als sie wieder in ihre eigenen, vertrauten Klamotten geschlüpft war, fühlte Leyla sich sicher.

Draußen vor der Tür des Kostümfundus wartete Bea, ihre Augenlider hinter den Brillengläsern sahen leicht gerötet aus. Leyla versuchte, etwas Nettes zu ihr sagen: »Danke, das hat mir wirklich viel bedeutet. Meine Oma hat hier mal als Schneiderin gearbeitet.«

Keine Reaktion. Red und Bea schwiegen. Nur das Hallen ihrer Schritte in den leeren Gängen war zu hören. Leyla wagte einen letzten Smalltalk-Versuch. »Woher kennt ihr beiden euch eigentlich?«

»Aus der Schule«, antwortete Bea zu ihrer Überraschung. Logisch, musste er ja noch. Aber Red schien sich außerhalb der Regeln zu bewegen, die für Normalos wie Max oder Leyla galten. »Wir sind im selben Leistungskurs …«

»Da vorn ist der Ausgang«, unterbrach Red sie. »Danke für die Führung, Bea.«

»Bitte.« Beatrix war so aus dem Konzept gebracht, dass sie beim Zuschließen der Eingangstür fast den Schlüsselbund fallen ließ. »Ach ja, Si... Red ... Nächsten Dienstag ist das Unterstützertreffen für *Freiraum Friedrichshain* im Kulturzentrum. Ich geh auf jeden Fall hin.« Bea sah aus, als würde sie sich für diese Worte selbst verachten, konnte sie jedoch nicht unterdrücken: »Sehen wir uns da?«

Red lächelte freundlich-distanziert. »Mal schauen. Tschüss, Bea.«

»Tschüss«, murmelte auch Leyla. Sie spürte, dass das andere Mädchen ihnen nachblickte.

»Damit hast du nicht gerechnet, oder?«, fragte Red, als sie in der S-Bahn saßen. Während er hochzufrieden wirkte, wusste Leyla nicht genau, was sie von seiner Überraschung halten sollte. »Nein«, murmelte sie. »Damit habe ich wirklich nicht gerechnet.«

Als sie Reds enttäuschtes Gesicht sah, bekam

Leyla ein schlechtes Gewissen. »Was hältst du davon, wenn wir an der Warschauer aussteigen und ich dich auf 'nen Döner einlade?«, schlug sie vor.

»Ich lebe seit einem Jahr vegan. Wenn es auch eine Falafel sein kann, gern.«

»Klar!« Leyla lächelte, erleichtert, weil die merkwürdige Stimmung zwischen ihnen verflogen war. »Das könnte ich nicht, völlig auf tierische Produkte verzichten, nur noch so Soja-Zeug ... ganz schön harter Schritt.«

»Mit der Tierhaltung läuft was falsch«, antwortete Red. »Das will ich nicht unterstützen, da zieh ich die Konsequenzen ... Warschauer Straße, wir müssen aussteigen!«

Während ihres Besuchs in der Oper hatte es geregnet. Tropfen glänzten auf den Hunderten von Liebesschlössern an den Brückengeländern. Es roch nach nassem Asphalt und den Angeboten der Imbissstände, die Essen und Wegbier an das Partyvolk verkauften, das hier Tag und Nacht vorbeizog ... hin zu den wummernden Bässen der Clubs.

Leyla griff nach Reds Hand, damit er nicht verlorenging zwischen den fremden Körpern, die an ihnen vorbeidrängten. Der Metallsteg, der über die Gleise führte, vibrierte unter den Schritten all der Menschen: Menschen, die gerade von der Arbeit kamen, Menschen die Arbeit für Zeitverschwendung hielten, Menschen, die aus Dörfern, Kleinstädten oder anderen Ländern gekommen waren, auf der Suche nach Jobs, Partys oder Liebe. Was es auch war, hier, in den Straßen dieser großen Stadt, konnte man es vielleicht finden.

In den Pfützen spiegelte sich der Himmel über Berlin, und Leyla hielt Reds Hand ganz fest, als könnte sie dort hineinstürzen.

Der Typ, der am Ende der Brücke saß, hatte wahrscheinlich längst vergessen, was er gesucht hatte, und das Einzige, was er noch festhalten konnte, war eine Schnapsflasche.

Red hatte ihren Blick bemerkt. »Komm, wir spendieren ihm eine Falafel.«

Also kaufte Leyla einen Döner, eine Falafel für Red und eine für den Obdachlosen. Der Mann lächelte, und Leyla und Red lächelten auch. Dann setzten die beiden sich mit ihrem Essen auf eine Bank unter den roten Schirm der Imbissbude.

Leyla hatte den Döner gerade erst halb aufgegessen, da entdeckte sie die Boxen direkt neben dem Imbissstand.

Sie hatte Passbildautomaten noch nie widerstehen können.

»Los, wir machen Fotos!« Den Dönerrest noch in der Hand, führte sie Red zu der orangefarbenen Fotokabine hinüber. Als sie sich zusammen hineinzwängten, musste Leyla an all die gemeinsamen Fotostreifen von ihr und Max denken, die zu Hause an ihrem Spiegel hingen. Doch da schloss Red auch schon den Vorhang der Fotokabine und zog Leyla auf seinen Schoß.

16
Max

S-Bahn-Station Warschauer Straße/
Montag, 18 Uhr 15

»Ihr scheint ja 'ne Menge Spaß gehabt zu haben, Red und du«, sage ich langsam, ohne den Blick von dem abgerissenen Fotostreifen lösen zu können.

»Was hast du denn gedacht?«, schnaubt Leyla: »Dass ich die ganze Zeit zu Hause hocke und mit Günay *Harry-Potter*-Filme gucke, während du dich am Strand amüsierst? Klar wollte ich auch mal was unternehmen! Red hat mich abgeholt, wir hatten einen schönen Tag, haben was gegessen, Fotos gemacht ...«

Täusche ich mich oder schwingt in ihrer Stimme ein Hauch von schlechtem Gewissen mit?

»Du hast doch auch schon Fotos mit Freunden gemacht, oder?«, fragt sie und schnappt mir die Aufnahmen aus der Hand.

»Ja, klar ...« Vielleicht bin ich wirklich ein eifersüchtiger Idiot, der Paranoia schiebt.

»Siehst du, ist doch nichts dabei!«, schneidet Leyla mir den Satz ab. »Der Streifen hier hing an meinem Schminkspiegel, für jeden sichtbar. Red muss ihn mitgenommen haben, als er in meinem Zimmer war. Keine Ahnung, was in seinem Kopf vorgeht«, murmelt sie und lässt das Beweisstück in ihrer Jeanstasche verschwinden.

Aber ich kann noch nicht Ruhe geben, muss weiter nachbohren: »Alle vier?«

Leyla blickt mich mit hochgezogenen Augenbrauen an. Ich liebe diese Augenbrauen, dunkle, geschwungene Linien wie die Flügel einer Schwalbe. Wenn wir beim Sex miteinander weggeflogen und wieder gelandet sind, küsse ich sie dort immer. Ich versuche den Gedanken zu verdrängen, meine Frage verständlich zu wiederholen: »Hingen alle vier Fotos an deinem Spiegel? Der ganze Streifen?«

»Nee, nur diese Hälfte.« Für einen Moment gleitet Leylas Blick zur Seite weg, entwischt mir. Dieser eine Moment sagt mir, dass hier etwas nicht stimmt, dass da etwas hinter ihren harmlosen Erklärungen lauert. »Die andere Hälfte hat Red behalten.«

Nur wertvolle Erinnerungen will man unbedingt teilen. Was ist an diesem Tag passiert? Und an den dreizehn weiteren, an denen ich mich in Ahnungslosigkeit gesonnt habe? Ich weiß es nicht. Das Einzige, was ich weiß, ist, dass mir beim Gedanken an das Bild von Red und Leyla, das zwischen unseren am Spiegel gehangen hat, kotzübel wird.

Hört die unerhörten Dinge. Ich google die Stichworte von Reds rätselhafter Botschaft mit meinem Smartphone und stoße schnell auf einen möglichen Treffer. »Sagt dir das *Museum der Unerhörten Dinge* irgendwas?«, frage ich. »In Berlin-Schöneberg.«

»Nie gehört«, antwortet Leyla mit Unschuldsmiene. Doch selbst wenn sie mich nicht direkt anlügt, bin ich mir inzwischen sicher, dass sie nicht alles preisgibt ... über die Zeit, in der ich im Urlaub war. Über das, was wirklich hinter diesem Cache steckt.

Während wir uns in der S-Bahn auf Schöneberg zubewegen, grübele ich weiter über die Sache nach. Red schickt uns eine SMS, und Leyla und ich rennen durch Berlin, wie die programmierten Figuren aus einem Computerspiel. Leyla glaubt, dass Red selbstmordgefährdet ist und Hilfe braucht, aber ich zweifele mehr und mehr daran. Macht Red einen auf Drama, um uns zu manipulieren? Will er mir klarmachen, dass zwischen Leyla und ihm ... dass da was läuft? Warum hat er mir das am Sonntag dann nicht direkt gesagt? Was soll dieser verfluchte Cache?

Während der restlichen S-Bahn-Fahrt starren Leyla und ich zum Fenster hinaus und schweigen uns an. Ich ertappe mich dabei, wie ich an meinen Fingernägeln kaue. Dabei habe ich das seit Jahren nicht mehr gemacht. Endlich erreichen wir die Station *Julius-Leber-Brücke* und steigen aus.

Berlin Schöneberg versucht in dieser Ecke nach Kräften das Versprechen seines Namens einzulösen. Die Crellestraße ist eine belebte Straße mit Alleebäumen, sanierten Altbauten und vielen Geschäften. Fast wären wir am *Museum der Unerhör-*

ten Dinge vorbeigelaufen, hätte Leyla nicht das Schild über der Tür entdeckt. Es sieht nicht so aus wie die Museen, in die meine Eltern mich früher reingeschleift haben, eher wie ein Laden.

Leyla und ich spähen durch die Schaufensterscheibe in einen schmalen Raum, kaum größer als mein Zimmer. Ganz hinten, an der Rückwand des Zimmerschlauches, sitzt ein älterer Herr auf einem Klappstuhl und liest. Er blickt kurz auf, als ich die Eingangstür aufstoße. An der Tür klebt ein Zettel mit den Öffnungszeiten und dem Hinweis, dass das Betreten des Museums auf eigene Gefahr geschieht und keine Haftung für das körperliche und seelische Wohl der Besucher übernommen wird. Klingt ja vielversprechend.

Ich habe keine Ahnung, wonach wir eigentlich suchen sollen, darum sehen wir uns erst mal um. Die Ausstellungsstücke werden auf schmalen Regalbrettern an den Seitenwänden und drei Podesten in der Mitte des Raumes präsentiert. Keine Bilder oder Kunstwerke, wie ich erwartet habe, sondern irgendwelcher verrückter Krimskrams. Ich betrachte zwei Reagenzgläser. In dem größeren steckt ein roter Faden, in dem kleineren entdecke ich nur Spuren eines roten Pulvers.

»Sind das Sachen vom Trödel? Seltsames Museum!«, flüstere ich Leyla zu. Anscheinend nicht leise genug, denn der Herr in der Ecke schlägt sein Buch zu. »Museen waren seit jeher Orte des Ungewöhnlichen und Seltsamen«, sagt er und steht auf. »Gestatten, Robert Allbrecht, Gründer dieses Museums. Du findest also, dass meine Exponate aussehen wie beliebiger Plunder?«

Ich winde mich vor Verlegenheit, aber er redet schon weiter und kommt dabei immer näher. »Die Ausstellungsstücke hier sind meist übersehene, unbeachtete, eben *unerhörte* Dinge. Aber wenn man genau hinhört ...« Er neigt sein Ohr hinab zu den Reagenzgläsern und schließt die Augen. Eine kleine Ewigkeit ist es ganz still im Museum, wir lauschen angestrengt. Doch das Einzige, was ich wahrnehmen kann, sind die vorbeirauschenden Autos draußen.

»Wenn man genau hinhört, dann erzählen die Dinge unvermutet Geschichten«, erklärt Herr Allbrecht schließlich und richtet sich wieder auf.

»Manche Dinge plappern ihre Geschichte sofort heraus, so als ob sie darauf gewartet hätten, entdeckt zu werden. Andere schweigen über Jahre, machen oft mehrere Anläufe, um bruchstückhaft und langsam, immer mehr von ihrer Geschichte preiszugeben.«

Leyla schaut ihn skeptisch an. »Sie reden von den Dingen, als ob es Menschen wären.«

Herr Allbrecht nickt ihr lächelnd zu, als hätte sie etwas Wichtiges verstanden.

»Und das, was Sie gehört haben, schreiben Sie auf?«, fragt sie weiter und greift nach einem der laminierten Zettel, die an Haken unter den Regalbrettern baumeln.

»Ich protokolliere es. Prüfe es auf Stimmigkeit und innere Plausibilität.« Er schlurft zurück zu seinem Stuhl und hebt sein Buch auf. »Viel Spaß beim Stöbern in meiner Wunderkammer.«

Leyla überfliegt den Zettel, der zu den Reagenzgläsern gehört. »Das hier ist der rote Faden, der durch das Leben des Marquis von Maillet führte. Hier steht, dass er Ende des 18. Jahrhunderts Experimente durchgeführt hat, um das Wesentliche des Lebens zu extrahieren.« »Ah ja.« Ich frage mich, welche Farbe mein Lebensfaden wohl hat. Wenn ich früher nach meiner Lieblingsfarbe gefragt wurde, habe ich immer Rot gesagt, wie meine Kumpels. Später, als ich das erste Mal mit einem Mädchen ging, sagte ich Türkis, weil ich wusste, dass es sie glücklich machen würde, wenn wir dieselbe Farbe gut fänden.

Wie wohl Leylas Lebensfaden aussieht? Ob er meinem ähnlich ist?

Ich gucke zu ihr rüber. An Leylas angespannter Körperhaltung erkenne ich, dass sie das gefunden hat, weswegen wir hier sind. Wie hypnotisiert starrt sie auf einen kleinen CD-Player, der auf dem Sideboard platziert ist.

Freiraum Friedrichshain steht auf einem Klebestreifen, der auf dem Gerät klebt. Während Leyla immer noch wie erstarrt dasteht, drücke ich auf die Play-Taste. Sofort füllt sich das Museum mit Geräuschen: Insektensummen, das verzerrte Rascheln des Windes.

»Was ist das?«, frage ich. »Eine Meditations-CD?«

»Pass auf, dass du nicht weggepustet wirst«, sagt eine Stimme. Red? Jemand ganz in der Nähe des Mikros lacht glucksend. Es hört sich genauso an, wie Leyla immer lacht.

»Bist du das?«, frage ich und drücke auf die Stopptaste.

»Es tut mir leid, Max«, flüstert Leyla, ohne mich anzusehen. »Keine Ahnung, wie das passieren konnte.«

Ich folge ihrem Blick. Sie starrt nicht den CD-Player an, sondern die Wand dahinter. Dort klebt das untere fehlende Ende des Fotostreifens. Reds Hälfte.

Der Spruch an der Eingangstür des Museums fällt mir wieder ein: *Betreten auf eigene Gefahr. Für das leibliche und geistige Wohl wird keine Haftung übernommen.* Doch jetzt ist es zu spät, um umzukehren.

17
Leyla

Fotoautomat an der Warschauer Straße/
eine Woche zuvor

Zuerst schnitten sie nur Grimassen, doch beim vierten Foto streiften Reds Lippen ihre Wange ... warm ... flüchtig ... In ihrer Überraschung war Leyla zu keiner anderen Reaktion fähig, als zu lachen und so zu tun, als müsse sie sich seinen Sabber von der Backe wischen. Schnell stand sie auf, öffnete den Vorhang und trat hinaus ins Freie.

Während sie darauf warteten, dass der Fotoautomat das Foto ausdruckte, lief Leyla unruhig auf und ab. Der Automat ratterte, genauso wie ihre Gedanken: Red und sie waren nur Freunde. Bestimmt hatte Red sie aus Übermut geküsst, aus einer Laune heraus. Es war bescheuert, etwas anderes zu denken. Sie wollte nicht enden wie Bea, die sich falsche Hoffnungen machte.

»Hier. Die sind schön geworden, oder?« Red zog

den fertigen Fotostreifen aus dem Trockenschacht und zeigte ihn ihr. Leyla nickte mechanisch, sie traute sich nicht, die Bilder genauer anzusehen. Als sie keine Anstalten machte, die Fotos zu nehmen, zuckte Red die Achseln und ließ sie in einer der Taschen seines Parkas verschwinden. »Und jetzt?«

»Sollte ich mich allmählich mal wieder zu Hause blicken lassen«, sagte Leyla. »Günay wartet, ich muss noch kochen.« Das Problem war nur, dass sie gar keine Lust dazu hatte.

»Schade«, antwortete Red. »Ich hatte gehofft, du kommst noch mit. Mein Lieblingsort in Berlin ist ganz in der Nähe.«

»Ich weiß nicht ...« Leyla biss sich auf die Unterlippe.

»Es ist nicht weit, wir können hinlaufen. Bitte Leyla, ich würde dir das gerne zeigen.«

Sie sollte wirklich heimfahren. »Okay«, hörte Leyla sich sagen. »Aber nur kurz.«

Sie liefen durch Straßen mit den hohen, für Berlin so typischen Altbauten. Einige Hauseingänge waren besprayt, andere erstrahlten frisch renoviert.

»Friedrichshain ist hipp, das ist sein Fluch«, zählte Red. »Immer mehr Leute mit Geld wollen in einem schicken, frischsanierten Altbau wohnen. Die Mieten steigen, und manche von denen, die hier schon lange gelebt haben, können sie sich nicht mehr leisten und müssen wegziehen.«

»Wie unfair. Wir sollten 'ne Initiative starten, ein Haus besetzen oder so«, schlug Leyla vor. Es war als Scherz gemeint, deshalb war sie ziemlich überrascht, als Red antwortete: »Die Initiative gibt's schon.«

Er zeigte auf eine breite Baulücke, die zwischen zwei Gebäuden klaffte. Auf den Bauzaun, der sie umgab, waren krakelige Blumen und Menschen mit lachenden Mündern gemalt. Mitten in dem bunten Bild war ein großer weißer Zettel angeschlagen. Leyla konnte nur das Wort *Räumung* lesen, da hatte Red das Schreiben bereits abgerissen und zusammengeknüllt.

»Seit Jahren gibt es einen Rechtsstreit um dieses Grundstück«, erklärte er auf Leylas fragenden Blick hin. »Während sich die Investoren streiten, wer hier teure Eigentumswohnungen bauen darf, haben die Leute aus der Nachbarschaft ihren Traum vom Freiraum in der Stadt verwirklicht. In den letzten Jahren ist hier etwas Großartiges entstanden. Schau es dir selbst an!«

Einige Meter weiter war der Bauzaun einfach niedergerissen worden und öffnete den Blick auf ein großes, offenes Gelände zwischen den Häusermauern. *Freiraum Friedrichshain* stand auf einem verblichenen Stoffbanner, das eine Art Eingang markierte.

»Und da darf man einfach so rein?«, fragte Leyla erstaunt.

»Klar! Jeder ist willkommen und kann mitmachen.« Red und Leyla liefen unter dem Banner durch und betraten die Wiese. Leyla sah sich neugierig um.

»Was ist das?«, fragte sie und zeigte auf die buntbemalten Paletten und schief zusammengezimmerten Aufbauten aus Holz, die mitten auf dem Gelände standen.

»Urban Gardening«, erklärte Red. »Die Leute aus der Nachbarschaft bauen hier Gemüse an. Neulich gab es ein Erntefest, und alle haben zusammen gegrillt und gegessen.« Tatsächlich, die Kästen aus alten Paletten waren mit Erde befüllt. Leyla kannte sich nicht besonders gut mit Pflanzen aus, aber sie entdeckte zwischen dem Grünzeug sogar einige Kürbisse. Eine ältere Frau mit Dreads und einer Gießkanne winkte Red zu, Red winkte zurück.

»Sieht so aus, als wärst du öfter hier.«

»Stimmt.« Red grinste stolz. »Ich helf bei dem Orga-Zeug mit – unserer Widerstandskampagne gegen das Kapital. Und natürlich hab ich mein eigenes Beet. Zur Selbstversorgung reicht es noch nicht, aber die Sonnenblumen sind ganz schön dieses Jahr.« Er zeigte auf einige große gelbe Blumen, die sich im Wind wiegten. Direkt neben dem Beet stand eine Art Hochsitz. Die Leiter sah ziemlich wackelig aus, trotzdem folgte Leyla Red, als er hinaufkletterte. Oben angekommen, setzte sie sich neben ihn auf eine kleine Holzbank. Ihre Beine baumelten ins Leere.

»Das würde Günay auch gefallen.« Leyla rutschte unruhig auf dem Hochsitz hin und her und konnte die Aussicht nicht recht genießen. »Ich glaube, ich ruf sie mal an.« Schnell zückte sie ihr Handy. Ihre kleine Schwester ging sofort dran.

»Leyla, wo bist du?«, jammerte Günay. »In meinem Bauch ist schon ein Loch!«

»Oh, Süße, tut mir leid.« Sofort packte Leyla das schlechte Gewissen. »Red hat mich an einen tollen Ort mitgenommen. Hier gibt's ganz viele Blumen. Hält dein Bauch noch ein bisschen durch? Du kannst ja schon mal ein paar Cornflakes essen.«

»Okay«, sagte Günay großzügig. »Aber du musst ein Video machen, damit ich die Blumen sehen kann.« Seit Amir ihr Clips auf YouTube gezeigt hatte, war Günay ganz wild auf Videos.

»Ich zeig es dir nachher, wenn ich zu Hause bin. In einer Stunde bin ich da, versprochen.« Leyla legte auf. »Sorry«, sagte sie und drehte sich zu Red, sie erwartete den gleichen ungeduldigen Blick auf seinem Gesicht wie regelmäßig bei Max.

Aber Red lächelte. »Kein Problem. Ich finde es toll, wie du dich um Günay kümmerst. Die hat echt Glück.«

»Oh, danke.« Unsicher, wie sie auf das Kompliment reagieren sollte, hob Leyla ihr Handy, um das Video zu drehen.

»Schickst du es mir nachher auch?«, fragte Red.

»Kann ich machen. Es geht los! Wink mal für Günay.«

Red winkte. Leyla schwenkte das Handy von ihm weg, filmte die Sonnenblumen und die Aussicht: Obwohl sie nur etwa anderthalb Meter über der Erde saßen, hatte man einen erstaunlich weiten Blick auf den bunten Flickenteppich der Beete und konnte sogar über den Bauzaun hinweg gucken. Insekten summten, und ein leichter Wind raschelte durch die trockenen Blätter der Sonnenblumen.

»Pass auf, dass du nicht weggepustet wirst«, sagte Red und wuschelte ihr durch die Locken. Leyla lachte, streifte seine Hand ab und beendete das Video.

Über ihnen spannte sich der blaue Himmel, über den nur ein paar vereinzelte Wolken segelten. Red schloss die Augen und hielt sein Gesicht in die Herbstsonne. Leyla fiel auf, dass sie ihn noch nie so entspannt gesehen hatte. Sonst schien er immer in Bewegung, immer ein wenig auf der Hut zu sein. Jetzt wirkten seine Gesichtszüge weicher als sonst, die Strahlen der tiefstehenden Sonne ließen seine feinen Wimpern, die Spitzen seiner Haare aufglühen. Leyla ertappte sich bei dem Wunsch, sie zu berühren. Wie sie sich wohl anfühlten?

»Hast du Beatrix auch schon hierher mitgenommen?«, fragte sie und versuchte möglichst locker zu klingen. »Ist das deine Masche, um Mädchen zu beeindrucken?«

»Du hast mich durchschaut.« Red blinzelte träge und grinste sein Fuchsgrinsen. »Ja, Bea kennt den Freiraum. Aber auf meinen Hochsitz durfte sie nicht. Und eine Blume hat sie auch nicht bekommen.« Mit diesen Worten beugte er sich zu den Sonnenblumen neben dem Hochsitz hinüber und knickte den Kopf der kleinsten ab. »Für dich, Leyla.«

»Danke.« Nervös zupfte sie Blütenblätter von der Sonnenblume, wie bei dem alten Spiel: *Er liebt mich, er liebt mich nicht ...* Leyla wollte damit aufhören, schon wegen Max, sie wollte aufhören, sich so zu fühlen, aber es funktionierte nicht. Gelbe

Blütenblätter fielen auf ihren Schoß, schwebten langsam hinunter auf den Erdboden, der ihr plötzlich sehr weit entfernt schien.

»Bea und ich waren nie richtig zusammen«, flüsterte Red dicht an ihrem Ohr. »Im Gegensatz zu Max und dir. Wenn hier jemand Grund hat, eifersüchtig zu sein, bin ich das.«

Inzwischen waren nur noch wenige Blütenblätter übrig. Wo war sie stehengeblieben? Bei *er liebt mich* oder *er liebt mich nicht*? Leyla schluckte. »Vorhin im Fotoautomaten«, begann sie und nahm all ihren Mut zusammen: »Warum ... warum hast du mich da geküsst?«

Sie sahen sich an.

»Ich ... ich konnte einfach nicht anders«, gestand Red. »Ich wollte dich küssen, seit ich dich zum ersten Mal gesehen habe. Tut mir leid, wenn ...«

»Nein«, unterbrach Leyla ihn. »Braucht es nicht.«

Da nahm Red ihr Gesicht in die Hände wie etwas Kostbares und küsste sie. Dieses Mal nicht auf die Wange, sondern auf den Mund. Leyla spürte die Herbstsonne auf ihrer Haut, die Hitze seiner Lippen und seiner Zunge. Als sie die Augen schloss, pulsierte es rot hinter ihren Lidern.

»Sehen wir uns morgen?«, flüsterte Red, als sie sich atemlos voneinander lösten.

»Ja, ich denke … ja«, stammelte Leyla glücklich und durcheinander: »Ich muss noch bei Max' Familie die Blumen gießen und die Vögel füttern, aber dann …«

»Sag mir die Adresse. Ich komm dich abholen«, versprach Red. Dann nahm er den Fotostreifen aus der Parkatasche, riss ihn in der Mitte durch und gab Leyla eine Hälfte. Wie ein Versprechen.

18
Max

Museum der Unerhörten Dinge/
18 Uhr 43

In meiner Hand, in der ich den Fotostreifen halte, breitet sich ein taubes Gefühl aus. Als würde ich etwas sehr, sehr Kaltes berühren. So kalt, dass meine Finger, dass mein Blick daran festfrieren. Ich weiß nicht, wie lange ich das Bild bereits anstarre. Ob zehn Sekunden oder zehn Jahre.

Das Schlimmste sind nicht Reds Lippen auf Leylas Wange, auf ihrer warmen, nach Orangen duftenden Haut. Das Schlimmste dabei ist der Ausdruck auf Leylas Gesicht. Das ist nicht nur Freundschaft in diesem Blick. Das ist Überraschung. Verwirrung. Erregung. All diese -ungs zittern durch meine Gedanken, schlagen Wellen in mir, immer höher.

Das Foto fällt mir aus der Hand, mit der weißen Seite nach oben. Ich bin erleichtert, dass ich ihre

Gesichter nicht länger sehen muss, aber die Bilder haben sich schon auf meine Netzhaut gebrannt.

»Was soll das?«, frage ich Leyla. Was ich eigentlich sagen will ist: Was will der Typ von dir? Was willst du von dem? Bist du in ihn verliebt? Was ist mit uns? Aber das kriege ich nicht über die Lippen.

»Max ...«, flüstert das Mädchen, das bis vor wenigen Minuten noch meine Freundin war. Und jetzt? Keine Ahnung, was Leyla jetzt für mich ist. »Max, ich wollte die ganze Zeit schon mit dir darüber sprechen, aber ich wusste nicht, wie ich anfangen sollte.«

Ich will das nicht hören. ICH WILL DAS NICHT HÖREN. Ist sowieso alles kaputt.

»Oje.« Herr Allbrecht, der das Ganze mitverfolgt hat, wirkt bestürzt. »Ein junger Mann hat mich gebeten, dieses Exponat auszustellen. Ich wollte das Projekt *Freiraum Friedrichshain* gerne unterstützen. Ich konnte ja nicht ahnen, dass er seine ganz eigenen Ziele damit verfolgt.«

Ich lasse Herrn Allbrecht und Leyla einfach stehen.

»Max, warte ...«

Die Tür des Museums fällt hinter mir ins Schloss und schneidet Leylas Satz ab.

Von der S-Bahnfahrt kriege ich kaum was mit. Ich will nur noch nach Hause. Zum Glück sind meine Eltern nicht da, ich sehe bestimmt fertig aus und habe keine Lust auf irgendwelche Fragen. Nur der übriggebliebene Papagei hockt teilnahmslos in seinem Käfig.

»Scheißtag, oder?«, sage ich zu ihm und werfe mich aufs Bett.

»Hat deine Alte dich sitzenlassen? Ist mit so 'ner abenteuerlustigen Amsel durchgebrannt? Ich weiß, wie du dich fühlst.«

Wie lang geht das wohl schon mit Red, hinter meinem Rücken? Ob Leyla mit ihm geschlafen hat? Ich wälze mich herum, doch die quälenden Bilder lassen sich nicht vertreiben, sie kleben an mir wie die schweißfeuchte Bettwäsche.

Schließlich stehe ich wieder auf, um meinem gefiederten Kumpel Futter zu geben. Aber er frisst nicht, dreht nicht mal den Kopf. Angeblich kann man die Viecher nicht alleine halten, die krepieren dann.

»Reiß dich zusammen, Alter«, sage ich zu ihm und komme mir bescheuert vor, weil ich mit einem Vogel rede. Ich habe 205 Freunde auf Facebook. Ich habe mein Schwimmteam. All die Namen und Nummern in meinem Adressbuch – ich scrolle die Liste runter und lasse das Smartphone wieder sinken. Klar reden wir im Team über Mädchen. Aber nicht so. Nicht darüber, wie es sich anfühlt, wenn sie weg sind.

Die einzige Person, die ich jetzt wirklich gerne anrufen würde, um mit ihr über die Sache zu reden, ist *my best friend*. Unglücklicherweise ist das Leyla.

Was ist, wenn's schiefgeht?, flüstert Bens Stimme in meinem Kopf. Der Plan war Max und Leyla forever. Der Plan war, wir fahren nächstes Jahr gemeinsam ans Meer, wir hängen gemeinsam unser Schloss auf. Okay, Leyla wusste nichts von den Details. Aber ich dachte, wir wären da auf einer Wellenlänge.

Doch jetzt hat Leyla das Schloss, und ich habe

gar nichts. Vor allem habe ich keinen Plan, wie es weitergehen soll.

»Keine Angst, die kommt zurück, Alter«, sage ich zu dem einsamen Vogel. »Die wird dich anbetteln, dass sie wieder in deinen Käfig einziehen darf.«

Ich öffne das Fenster, streue etwas Futter auf die Fensterbank. Und dann warten wir, der Vogel und ich.

Irgendwann, tausend Jahre später, klingelt es an der Haustür.

19
Leyla

Haus von Max' Familie/
sechs Tage zuvor

Es klingelte. Leylas Herz schlug schneller, als sie Red auf der Türmatte von Familie Kempe stehen sah.

»Hey, du.« Red lächelte sie an, mit diesem Fuchslächeln, das nie alles preiszugeben schien, und gerade deswegen unwiderstehlich auf sie wirkte. Unwillkürlich lächelte sie zurück. »Hey. Ich muss erst noch …« Leyla schlenkerte mit der Gießkanne.

»Ja, schon klar. Entschuldige, ich wollte nicht mehr bis zwölf warten. Ich könnte dir beim Blumengießen helfen, dann bist du schneller fertig«, schlug Red vor. »Darf ich reinkommen?«

»Ich … ich weiß nicht«, stammelte Leyla, da drängte er sich schon an ihr vorbei in Max' Haus.

»Die Post habe ich schon rausgeholt, ich muss nur noch die Blumen im Wohnzimmer gießen und die Papageien füttern«, erklärte Leyla und ging voran ins abgedunkelte Wohnzimmer. Max' Mutter hatte ihr alle Aufgaben drei Mal erklärt und sie skeptisch gemustert, bevor sie Leyla den Hausschlüssel gegeben hatte. Sie wäre sicher nicht begeistert, wenn sie wüsste, dass Leyla einen Fremden ins Haus ließ ... Der Perserteppich kitzelte an ihren nackten Füßen, Leyla liebte es, hier barfuß zu gehen.

Wie jeden Morgen zog sie die Fensterläden hoch, um potentiellen Einbrechern vorzugaukeln, es sei jemand zu Hause. Tageslicht fiel durch die großen Fenster in den Raum, fing sich in den Goldrahmen der Fotos, die auf dem Kaminsims standen. Leyla nannte sie heimlich die Max-Galerie, weil alle Bilder Max zeigten: Als Baby, Kleinkind und bei der Einschulung mit einer riesigen Schultüte, die sein Gesicht halb verdeckte. Auf allen Fotos lächelte er.

Red hatte ein Bild genommen und betrachtete es näher. Leyla stellte die Gießkanne ab und linste ihm über die Schulter. Der Max auf dem Foto war im Grundschulalter. Mit Zahnspange und weitaufgerissenen Augen lächelte er in die Kamera. Wahrscheinlich war er gerade mit dem Riesenrad gefahren, das hinter ihm aufragte. Seine Eltern standen rechts und links neben ihrem Sohn.

Red betrachtete das Familienbild intensiv. »Ich hab nur ein einziges Foto, auf dem meine Eltern gemeinsam drauf sind. Wenn ich es nicht zufällig gefunden hätte, wüsste ich nicht mal, wie mein Vater ausgesehen hat. Er hat uns sitzenlassen, als ich vier war. Ich frage mich, wie mein Leben gelaufen wäre, wenn er geblieben wäre.« Red strich über seine Jeanstasche. Leyla beschlich der Verdacht, dass er sein Familienfoto immer bei sich trug, wie einen Talisman. »Wie das wohl ist, eine normale Familie zu haben? Eltern, die mit dir in den Freizeitpark fahren?«

»Das letzte Mal, als wir im Freizeitpark waren, hatte ich einen Riesenkrach mit meinen Eltern«, erzählte Leyla nüchtern. »Sie haben nach mir gesucht – dabei hatte ich gesagt, dass ich kurz zur Achterbahn will. Ich liebe meine Familie, echt. Aber sie sind nervig, chaotisch und haben alle einen an der Waffel. Ich glaube, diese normale Familie, von der du da redest, die gibt's gar nicht.«

»Max hat eine«, widersprach Red.

»Quatsch.« Leyla verzog das Gesicht und zeigte auf ein anderes Foto, auf dem Klein-Max eine Weihnachtsmütze trägt. »Nennst du das normal? Schau dir diesen Gänsebraten an – sieht aus wie aus einer Kochzeitschrift, oder?«

Red zog einen roten Edding aus der Hosentasche und schrieb mit eckigen Buchstaben *Go vegan!* quer über das Gänsebratenfoto.

»Spinnst du?«, quietschte Leyla, halb entsetzt, halb entzückt. Sie wollte ihn so schnell wie möglich wieder aus dem Haus lotsen. Obwohl sie noch nicht mal die Hälfte der Orchideen gegossen hatte, log sie, »Ich bin fertig hier. Warte kurz, ich muss nur noch schnell die Vögel füttern«, und polterte die Treppe hinauf.

Reds Schritte folgten ihr wie ein Echo.

»Stickig hier drin«, sagte Leyla und öffnete eines der Fenster in Max' Zimmer.

Red hatte sich auf dem Schreibtischstuhl niedergelassen wie auf einem Thron und drehte sich langsam um sich selbst. »So fühlt es sich also an, wenn man lebt wie Max.«

Der Raum mit den Dachschrägen war Leyla so vertraut. Doch zusammen mit Red betrachtete sie ihn mit anderen Augen. Wie groß Max' Zimmer war! Mindestens doppelt so groß wie ihres (und doppelt so ordentlich). »Ja, nicht schlecht, oder? Er hat sogar ein eigenes Bad«, sagte sie und musste daran denken, dass sie in ihrem Familienbad Duschzeiten hatten, damit alle rechtzeitig fertig wurden. Wie es wohl bei Red zu Hause aussah?

»Ich glaub, ich zieh hier ein«, sagte Red, ohne zu lächeln. Sein Blick blieb an Leyla hängen. »Könnte ich mich dran gewöhnen, an so ein Leben«, sagte er leise.

»Max' Leben ist auch kein Wunschkonzert, falls du das denkst«, sagte Leyla, die sich zunehmend unwohl fühlte. »Max wollte zum Beispiel immer einen Hund«, erklärte sie und ging zu dem Käfig mit den kleinen Papageien hinüber. »Aber seine Mutter meinte, Hunde machen zu viel Dreck. Stattdessen hat er die beiden Unzertrennlichen bekommen.«

»Och, der Arme. Das ist wirklich ein hartes Leben!«, spottete Red.

Leyla warf ihm einen bösen Blick zu und öffnete die Käfigtür, um einen Knabberkolben aufzuhängen.

»Unzertrennlich also?« Red kam zu ihr hinüber und lehnte sich dicht neben ihr an den Käfig.

»Hmm. Wie du siehst, ist der Name Programm.« Leyla deutete auf die beiden Papageien, die eng aneinandergeschmiegt auf einer Stange saßen und sich gegenseitig putzten.

Ohne den Blick von ihr zu wenden, öffnete Red die Tür des Vogelkäfigs noch weiter.

»Red, ich hab noch nie gesehen, dass Max die Vögel frei fliegen lässt«, wandte Leyla nervös ein. »Ich glaub, die wollen gar nicht raus.«

»Wetten doch?«, behauptete Red. »Die trauen sich nur nicht. Hocken da drin in ihrem bequemen Käfig, weil sie nichts anderes kennen.« Er versuchte, die Vögel nach draußen zu scheuchen. »Die brauchen nur einen kleinen Schubs ...«

Leyla fiel ihm in den Arm. »Lass sie, die haben Angst!«

»Manchmal muss man seine Angst überwinden.«

Gemeinsam beobachteten sie, wie einer der Papageien auf seiner Stange vorsichtig zur Käfigöffnung trippelte und den Kopf hinausstreckte. Er spreizte die Flügel und flatterte ins Freie. Der andere Unzertrennliche folgte ihm.

»Was ist mit dir? Traust du dich auch, den sicheren Käfig zu verlassen?«, flüsterte Red und küsste sie. Leyla hatte das Gefühl, unter seinem heißen Mund zu schmelzen, sich aufzulösen. Vage nahm sie die Papageien wahr, die im Zimmer um sie herumflatterten, ein taumelnder Tanz aus schillerndem Gefieder. Reds Hände auf ihrer Haut, sein Herzschlag unter ihren Fingerspitzen. Engumschlungen bewegten sie sich durch den Raum, auf das Bett zu, in dem sie so oft mit Max gelegen hatte.

»Nein, nicht das Bett.« Leyla zog Red hinunter auf den dicken, flauschigen Teppich.

Sie spürte die aufregende Nähe seines fremden Körpers, sog seinen Geruch nach Erde und warmer Haut ein und fragte sich, wie sich etwas Falsches so richtig anfühlen konnte. Sie lächelten sich an. Erst einmal auf dem Hochsitz hatte sie Red so gelöst erlebt. Als wären alle Schutzhüllen des Alltags von ihm abgefallen.

»Für mich bist du das schönste Mädchen der Welt«, flüsterte er und streichelte ihr Gesicht.

Seine Worte und sein intensiver Blick machten Leyla verlegen. »Ich wette, das sagst du zu all deinen Freundinnen.«

»Nein!«, protestierte Red. Nach einer Pause fügte er hinzu: »Ehrlich gesagt hatte ich noch nie eine Freundin. Nicht so richtig.«

»Kein Witz?!« Leyla dachte an Beatrix.

»Kein Witz«, bestätigte Red. »Meine Mutter kann nicht allein sein. Ich wollte nicht, dass es bei mir so wird, so ... austauschbar. Ich wollte auf die Richtige warten.«

»Und woran erkennst du die Richtige?«, fragte Leyla.

»Glaub mir, ich teste das vorher«, erklärte Red.

»Ja? Intelligenz beim Lösen schwieriger Caches, Fähigkeiten beim Küssen ...«

Red unterbrach sie, indem er sie erneut küsste. »Hmm, Küssen – ausreichend«, beurteilte er. Leyla boxte ihn spielerisch, und er zog sie lachend an sich. »Sehr gut, meinte ich. Sehr gut!« Dann wurde er wieder ernst. »Nein, das Entscheidende ist: Bin ich ihr wirklich wichtig? Hält sie zu mir, auch wenn es unangenehme Konsequenzen hat?« Red wickelte sich eine von Leylas Haarsträhnen um den Finger und zog sanft daran: »Wirst du mit Max Schluss machen, wenn er zurück ist?«

Wenn man im Zimmer seines Freundes mit einem anderen Jungen rumknutscht, sollte man das wohl. Dann lief eindeutig was falsch.

»Hmm, ja, ich glaub schon«, murmelte Leyla.

»Was heißt, du *glaubst*?« Red ließ ihre Haarsträhne los und sah sie eindringlich an. »Ich liebe dich, Leyla.«

In jedem Hollywoodfilm lernte man, was Mann oder Frau auf dieses Geständnis antworten sollte. Oft hatte Leyla ein gemurmeltes »hmm, ich dich auch« zurückbekommen. Doch in mehr als einem Jahr Beziehung hatte Max die ersehnten drei Worte nie von sich aus gesagt. Sie jetzt aus Reds Mund zu hören, brachte Leyla ganz durcheinander. Ein Anflug von Panik zieptein ihrem Magen. Konnten sie nicht einfach zusammen hier liegen und diesem zarten Gefühl zwischen ihnen Zeit zum Wachsen geben? Musste Red gleich mit großen Geständnissen um sich werfen?

»Das ist … wow … alles ein bisschen viel für mich. Tut mir leid, ich kann das jetzt noch nicht sagen. Wir kennen uns doch noch gar nicht richtig.«

»Du kennst mich gut genug, um mich zu küssen«, antwortete Red und richtete sich auf. »Es ist doch ganz einfach: Liebst du mich auch? Ja oder nein? Willst du mit mir zusammen sein? Ja oder nein? Wirst du mit Max Schluss machen? Ja oder nein?«

»Ganz so einfach ist es nicht!«, bremste Leyla und setzte sich ebenfalls auf. »Nicht für mich. Ich mag Max. Sehr sogar. Klar, es ist nicht perfekt zwischen uns, aber …«

Aber er bringt mich zum Lachen wie niemand sonst. Aber er ist nicht so cool, wie er tut, und ich will ihn nicht verletzen. Aber wir haben eine gute Zeit zusammen, und ich weiß nicht, ob ich das endgültig kaputtmachen will.

»Lass mich drüber nachdenken, okay?«, schloss sie lahm.

Ein langes, quälendes Schweigen folgte, das nur vom Kreischen der Unzertrennlichen durchbrochen wurde, die noch immer orientierungslos durch den Raum flatterten.

»War ja klar«, sagte Red schließlich und stand auf.

»Was ist klar?«

»Das du *das hier* vorziehst.« Reds Kiefer mahlte, er zeigte auf Max' Zimmer, die Schwimmpokale im Regal, die neue Musikanlage. »Max hat alles. Er hat *dich*, Leyla. Aber weiß er es zu schätzen? Interessiert er sich für das, was du so machst? Wie oft hat er dich aus dem Urlaub angerufen?« Jeder seiner Sätze traf Leyla wie ein Schlag.

Sie schwieg und kaute auf ihrer Unterlippe herum, bis sie Blut schmeckte.

Reds Augen wirkten jetzt hart und grau wie Steine. »Es ist verdammt nochmal ungerecht«, sagte er leise. »Die einen haben alles und die anderen … die anderen sind immer die Verlierer!«

Mit diesen Worten verließ er das Zimmer und polterte die Treppe hinunter.

»Red, Red warte doch mal!«, rief Leyla. Doch er

blieb nicht stehen. Sie hörte die Haustür mit einem dumpfen Knall zufallen.

Seufzend ließ sich Leyla auf den Teppich sinken und starrte an die Decke. Warum musste das Leben nur so kompliziert sein? Warum konnte es nicht so sein wie bei den Unzertrennlichen, die sich einmal fanden und dann den Rest ihres Lebens zusammenblieben?

Wo waren die blöden Vögel überhaupt? Einer hockte oben auf dem Käfigdach. Und der andere ... Leyla suchte in allen Zimmerecken, aber der zweite Papagei war fort. Wahrscheinlich durch den Fensterspalt hinaus ins Freie.

Leyla fluchte. Ein kühler Luftzug ließ sie frösteln, als sie das Fenster schloss.

20
Max

Haus von Max' Familie/
20 Uhr 12

Es klingelt. Natürlich ist es Leyla. Gerade noch habe ich mir so gewünscht, dass sie zurückkommt. Aber jetzt, wo sie wirklich vor mir steht, habe ich das Gefühl, dass alles, was sie jetzt noch sagen könnte, nur noch tote Wörter sind. Das zwischen uns kann nie mehr so werden, wie es war.

»Was willst du? Musst du nicht weiter nach deinem neuen Lover suchen?« Ich versperre ihr den Weg ins Haus und starre an ihr vorbei. Trotzdem sehe ich, dass ihr Kajal verwischt ist.

»Ich will mit dir reden, Max. Ja, ich weiß, wir waren den ganzen Nachmittag zusammen … ich hätte genug Zeit gehabt. Aber ich hab's verbockt, habe mich einfach nicht getraut.«

Genau wie ich mit dem Schloss. Ich habe zu lange gezögert, es Leyla zu geben.

»Hast du mein Geschenk aufgemacht?«, will ich wissen.

»Nein – Was hat das damit zu tun?«, fragt Leyla verwirrt und zieht das Päckchen aus ihrer Jackentasche. »Ich hatte anderes im Kopf. Aber ich kann es jetzt öffnen, wenn das alles ist, was dich gerade beschäftigt.«

»Nein!« Jetzt ist es zu spät. Jetzt wäre es nur noch demütigend und peinlich. »Nein, ich will es wiederhaben.«

Leyla seufzt und legt es widerstrebend in meine ausgestreckte Hand. »Ich wollte dich wirklich nicht verletzen«, sagt sie und schaut auf meine kurzgekauten Fingernägel, die ziemlich übel aussehen. Schnell stecke ich die Hand mit dem Päckchen in die Hosentasche.

Wir stehen schweigend voreinander, während sich die Dämmerung über den Garten senkt.

»Vor einem Jahr habe ich mir nichts mehr gewünscht, als die Freundin von diesem Traumtypen zu sein, den ich heimlich auf dem Schulflur angehimmelt habe«, sagt Leyla leise. »Aber von nahem betrachtet … fühlt es sich nicht so toll an, deine

Freundin zu sein, wie ich gedacht habe. Mir fehlt da was, und das habe ich erst durch Red gemerkt. Red hat sich dafür interessiert, was ich mache. Er hat sich Zeit für mich genommen, sich Überraschungen für mich ausgedacht, mir gesagt, wie viel ich ihm bedeute.

Ja, wir haben uns geküsst. Aber ich hatte mich noch nicht entschieden«, betont sie und versucht meinen Blick einzufangen. »Ich wollte mit dir darüber reden. Bitte glaub mir: Ich wusste nicht, was Red mit dem Cache vorhatte. Dass du es auf so eine blöde Art erfährst, finde ich schlimm. Es tut mir alles so leid, Max.«

»Ach, was soll's.« Ich zucke mit den Schultern. »Es schwimmen noch andere Fische im Teich. Andere Mütter haben auch schöne Töchter.« Während ich diese Phrasen raushaue, fühle ich, wie sich meine Mundwinkel reflexhaft nach oben ziehen. Ich lächele immer, wenn ich Angst habe.

»Hör auf, den Clown zu spielen!«, ruft Leyla mit Tränen in den Augen. »Kannst du nicht einmal ernst sein und mir sagen, was du fühlst?«

Sie sieht mich an, wartet. Meine Faust umschließt das Geschenk in meiner Hosentasche. Durch das dünne Zeitungspapier kann ich spüren, wie die metallischen Ecken des Schlosses sich in meine Handfläche bohren. Es geht nicht. Die richtigen Wörter sind alle weggeschlossen. Ich komme da nicht dran.

Ich lache. Es klingt schrecklich.

Leyla ist nur zwei Meter von mir entfernt, und doch tut sich da ein Abgrund zwischen uns auf. Tränen laufen über ihr Gesicht. Ich habe sie noch nie richtig weinen sehen. Ich würde ihr gerne die Haarsträhne aus dem Gesicht streichen, ihr ein Taschentuch geben, aber das ist unmöglich geworden. Alles ist verkehrt, und es kann nie, nie wieder richtig werden. Selbst das Schloss, das früher so warm und gut in meiner Hand lag, fühlt sich jetzt schwer an. Sein Gewicht zieht mich nach unten. Ich kann nichts tun. Stumm sehe ich zu, wie Leyla sich umdreht und langsam den Gartenweg hinuntergeht, sich immer weiter von mir entfernt.

Lange stehe ich einfach nur da und starre auf den Punkt am Ende der Straße, an dem Leyla verschwunden ist. Es wird kühl, und ich habe keine Jacke an. Egal. Alles egal. Vielleicht hole ich mir eine tödliche Lungenentzündung, dann wäre die Scheiße einfach vorbei.

Irgendwann gehen die Straßenlaternen an. In ihrem trüben Licht schimmert etwas auf dem Gehweg. Langsam gehe ich hinüber. Noch ehe ich mich hinhocke, um es genauer zu betrachten, weiß ich was es ist: eine Feder.

Auf dem Gehweg vor den Rosenbüschen liegen noch mehr bunte Federn.

Etwas muss den Unzertrennlichen erwischt haben. Etwas mit scharfen Krallen und knochenweißen Zähnen.

Er kommt nicht wieder zurück.

Irgendwo in der Dunkelheit liegen die Überreste seines zerfetzten Körpers. Allein auf der kalten Erde.

21
Leyla

Leylas Zimmer/
vier Tage zuvor

»Hey, Red, hier ist Leyla. *(Pause)*. Ich hab's schon mehrmals bei dir versucht, aber immer nur deine Mobilbox erwischt ... Ich fände es gut, wenn wir noch mal miteinander reden könnten. Meld dich doch mal.«

Zwei Tage zuvor
»Hallo, Red, vorhin war ich bei *Freiraum Friedrichshain* und habe Günay deine Sonnenblumen gezeigt. Leider warst du nicht da ... Günay und ich haben die Sonnenblumenkerne probiert, aber die schmecken nicht. Wenn ich neulich was Falsches gesagt habe, tut mir das leid. Dieser Streit macht mich fertig. Ich wollte nur sagen: Du bist mir wichtig. Bitte ruf zurück.«

»Hey, ich bin's schon wieder, wer sonst? Ruf! Mich! An! Okay?!«

»Scheiß Mobilbox!«

»Okay, es reicht jetzt. Die letzten Nächte habe ich kaum geschlafen. Günay traut sich schon nicht mehr, an meine Zimmertür zu klopfen, weil ich sie das letzte Mal übelst angeschnauzt habe.

Wenn ich dir wirklich so wichtig wäre, wie du behauptest, würdest du mich anders behandeln. Das ist das letzte Mal, dass ich auf deine bescheuerte Mobilbox spreche. Entweder du meldest dich bei mir, oder du lässt es. Ich bin mir zu schade für deine Spielchen.«

Einen Tag zuvor
»Leyla, ich bin's.«
»Endlich.«
»Heute kommt Max zurück. Hast du dich entschieden?«
»Ist das alles, was du wissen willst? Wie wäre es mit: ›Wie geht's dir, Leyla? Tut mir leid, dass ich

mich die letzten Tage verhalten habe wie ein Vollarsch‹.«

»Wirst du mit Max Schluss machen?«

»Ich werde mit Max sprechen. Dann sehen wir weiter.«

»Du bist genau wie er.«

»Wer?«

»Mein Erzeuger. Er hatte noch eine andere Frau, eine andere Familie. So wie die von Max, mit Goldrahmen und Ausflügen in Freizeitparks und so. Der Kerl hat meiner Mutter immer wieder geschworen, dass er nur sie liebt, dass er die andere verlässt und mit uns zusammenleben will.

Und meine Mutter hat sich immer wieder von seinen Versprechungen einwickeln lassen, obwohl sie gelitten hat wie Sau. So ging das jahrelang. Jahrelang hat er sie hingehalten und ausgenutzt. Und dann ist er einfach nicht mehr gekommen. Hat uns behandelt wie Müll, den man wegwirft und vergisst.«

»Das tut mir leid. So was würde ich nie tun.«

»Ich lass mich nicht behandeln wie Müll. Ich lass nicht zu, dass du mich wegwirfst und vergisst.«

»Jetzt mach aber mal halblang! Und überhaupt, was soll das denn bitte schön heißen? Red?«
Red legt auf.

22
Max

Schule/
Dienstag, 7 Uhr 30

»Läuft bei dir?«, fragt mein Kumpel Ben.

»Läuft«, antworte ich.

Wir stehen auf dem Schulflur rum. Ja, ich gehe normal zur Schule. Was soll ich auch sonst tun?

»Hab gehört, du bist den Rest des Monats raus aus dem Training?«, sagt Ben. »Dann schwimmst du die Staffel also auch nicht mit?«

Ich zucke mit den Schultern.

»Na ja, hast du mal Zeit für deine Chica. Wo ist sie überhaupt?«

Aus den Augenwinkeln halte ich Ausschau nach Leyla, aber sie lässt sich nicht blicken.

»Keine Ahnung. Wir sind nicht mehr zusammen.«

»Echt? Oh … krass.« Ben weiß offensichtlich nicht, was er sagen soll. Ich auch nicht.

»Vielleicht wird's ja wieder?«

Nee, sie hat einen Neuen, denke ich.

Nee, sie hat mich verarscht. Ist alles aufgerissen und blutet wie Sau.

»Nee, will ich auch gar nicht«, sage ich und zucke wieder die Schultern. Wie wenn man aus dem Becken steigt und das Wasser an sich abperlen lässt. Das geht alles nicht an mich ran. »Aber du machst keinen Scheiß?«, fragt Ben schließlich. Seine Augen gucken so besorgt, dass ich wegschauen muss.

Ich räuspere mich. »Was für Scheiß meinst du?«

»Na ja, Brücken sprengen. So was halt. Wegen dem Schloss – mein Alter hat 'ne super Kneifzange. Wenn du willst, hol ich sie, und wir zwicken das Ding ab.«

»Ach so, das Schloss«, murmele ich. »Nicht nötig. Hab ich ihr gar nicht gegeben.«

Ben sieht überrascht aus: »Warum nicht?«

Erst hatte ich nicht den Arsch in der Hose, und dann war's zu spät.

»Na ja, ein Jahr ... Wurde langsam langweilig, verstehst du?« Ich versuche zu lachen, aber das

Geräusch, das aus meinem Mund kommt, klingt so verdammt traurig, dass ich schnell wieder aufhöre. Dann ist da so ein peinliches Schweigen. Ben und ich stehen weiter rum, bis er schließlich sagt: »Tja, ich muss los ... Geschichte, wozu brauch man den Mist? Mach's gut, Alter.«

Wir verabschieden uns mit Handschlag. Ich geh in Physik, was soll ich auch sonst tun? Während der da vorn über die Schwerkraft labert, übe ich innerlich das Schulterzucken.

Auf dem Rückweg von der Schule fahre ich mit der S-Bahn am Plänterwald vorbei. Das Riesenrad ist durch die fast kahlen Bäume deutlicher zu erkennen als sonst.

Als Kind war ein Besuch im Freizeitpark für mich das Größte. Die Karussells. Die Wildwasserbahn. Die riesigen Dinosaurier aus Plastik.

Aber das Beste war das Riesenrad, das an einem kleinen See stand. Mit seinen hundert bunten Lämpchen leuchtete es wie ein Fest. Jedes Jahr bettelte ich meine Eltern an, endlich ohne sie in eine der Gondeln steigen zu dürfen wie die Großen. Ich stellte mir vor, wie ich allein nach oben schweben würde, über die Baumwipfel, über die Dächer der Stadt, wie der König von Berlin.

Aber wie alle anderen musste ich bis zu meinem achten Geburtstag warten. Endlich kam der große Tag. Stolz stieg ich allein in eine der Gondeln und das Rad trug mich nach oben. Ich sah, wie meine Eltern, wie alles, was ich kannte, sich entfernte, zusammenschrumpfte. Doch es fühlte sich ganz anders an, als ich erwartet hatte.

Statt des Hochgefühls überkam mich lähmende Angst.

Wieso lief das Rad, wie funktionierte die Maschine? Es war zu hoch. Ich war zu schwer. Alles würde zusammenbrechen.

Oben auf dem höchsten Punkt blieb das Rad stehen. Ich rief verzweifelt und wedelte mit den Armen, wollte mich bemerkbar machen, weil ich in Todesgefahr war. Meine Eltern winkten fröhlich zurück.

Erst nach einer Ewigkeit setzte sich das Rad wieder in Bewegung. Als ich schließlich auf dem Erdboden landete, hatte mein Vater die Kamera schon gezückt. Ich wollte das Foto nicht verderben. Es war schließlich meine Schuld, dass es nicht gut gewesen war.

Also lächelte ich. Niemand hat etwas gemerkt. Das Foto steht immer noch zwischen anderen auf dem Kaminsims.

An meinem nächsten Geburtstag erklärte ich, der Plänterwald sei Kinderkram und ich wolle lieber ins Erlebnisbad. Als meine Eltern mir Jahre später erzählten, dass der Freizeitpark pleitegegangen und geschlossen worden war, spürte ich ein heimliches Gefühl von Erleichterung.

Neulich war ich mit Leyla noch mal da, um einen Cache zu suchen. Die Karussells verrotteten. Das Wasser der stillgelegten Wildwasserbahn war brackig und grün. Vandalen hatten die Dinos besprayt und umgeworfen, wie müde Krieger lagen sie im Gras.

Das Riesenrad stand still, ein gewaltiges Skelett aus Stahl. Jetzt war es wirklich gefährlich, ich konnte sehen, dass die Plastikböden der bunten Gondeln mürbe geworden waren.

Kurz hatte ich überlegt, ob ich Leyla von der

Fahrt an meinem achten Geburtstag erzählen sollte. Ich ließ es lieber. Hätte irgendwie albern geklungen.

Den Cache haben wir nicht gefunden. Aber ich erinnere mich noch an die Glühbirnen, die vom Riesenrad abgefallen waren und nun im See trieben wie winzige Totenschädel. Es sah aus wie ein Kindergeburtstag, wenn alle gegangen sind.

An all das erinnere ich mich, als ich mit der S-Bahn am Plänterwald vorbeifahre. Angestrengt starre ich hinüber. Das Riesenrad scheint sich zu bewegen, als hätte es jemand angestoßen. Vielleicht der Wind? Ein Geisterrad.

Läuft bei mir.

23
Leyla

Kulturzentrum/
Dienstag, 15 Uhr 05

An der Fassade des Kulturzentrums lehnt eine Leiter. Drei Jugendliche kämpfen mit einem großen Banner, das sie abhängen wollen. Leyla erkennt auf den ersten Blick, dass Red nicht dabei ist. Schnell geht sie unter dem Banner hindurch, auf dem mit roten Buchstaben RETTET steht. Den Rest kann Leyla nicht lesen, weil das eine Ende bereits schlaff herunterhängt wie eine Trauerfahne.

Der Versammlungsraum ist leer bis auf eine ältere Frau mit Dreads, die zerrissene Flugblätter zusammenkehrt. Als Leyla hereinkommt, schaut sie auf. »Falls du zum Unterstützertreffen willst, muss ich dich leider enttäuschen. Der Räumungsbescheid ist da. Wir haben verloren.« Müde lehnt sie sich auf den Besen als bräuchte sie eine Stütze. »Jahrelange Arbeit, bis der Freiraum das wurde, was er heute ist – ein Ort der Begegnung. Und morgen walzen die in ein paar Stunden alles nieder. Es ist zum Heulen!«

Die Frau lässt den Besen fallen und geht zu einer improvisierten Theke hinüber, hinter der drei Kühlschränke stehen. Auf einem klebt ein Schild mit der Aufschrift *Love*, auf dem zweiten steht *Sex* und auf dem dritten *Alien*. Leyla wüsste zu gerne, welchen Kühlschrank Red bevorzugt.

»Ich brauch erst mal ein Bier«, erklärt die Frau: »Willst du auch eins?«

»Ein Radler, bitte. Aus dem Alien-Kühlschrank.«

»Passende Wahl. Seltsamer Planet, auf dem wir hier gelandet sind, was?« Mit einem Feuerzeug öffnet die Frau geschickt die Flaschen und reicht Leyla eine rüber. »Ich bin die Inge.«

»Leyla.« Klirrend stoßen sie an.

»Ich habe dich hier noch nie gesehen. Was führt dich zu uns?«, fragt Inge nach einem tiefen Schluck und mustert Leyla neugierig.

»Ich bin eine Freundin von Red ... Simon«, korrigiert Leyla sich. »Weißt du, wo ich ihn finden kann?«

»Simon nimmt es schwer«, erklärt Inge und blickt traurig auf ihr fast leeres Trostbier. »Hat sich richtig reingehängt in den Protest, der Junge. Jetzt will er einfach nicht einsehen, dass es vorbei ist. Die meisten von uns haben ihre Beete und Aufbauten schon rückgebaut – so heißt das auf Beamtendeutsch. Simon nicht. Seit Bekanntgabe der Räumung lässt er sich nicht mehr bei uns blicken. Ich glaube, er wohnt irgendwo Richtung Plänterwald … aber seine Adresse weiß ich auch nicht.«

Leyla lässt den Kopf sinken. Schon wieder eine Sackgasse.

»Aber frag mal Bea, die kennt ihn besser. Sie ist draußen und hängt mit den anderen das Banner ab.«

Leyla bedankt sich für die Auskunft und das Radler. Während sie den Raum verlässt, hört sie, wie hinter ihr der traurige Takt von Inges Besen einsetzt.

Das Mädchen oben auf der Leiter ist tatsächlich Beatrix. Na toll, ausgerechnet diese Ökoschnepfe hat die Infos, die sie braucht! Bevor Leyla es sich anders überlegen kann, ruft sie schon: »Hey Beatrix!«

Bea, die gerade versucht, das Banner loszubinden, dreht den Kopf. »Was willst *du* denn?« O ja, die erinnert sich!

»Äh, kannst mal kurz runterkommen?« Zwischen zusammengepressten Zähnen quetscht Leyla ein »Bitte« hinterher. »Ich muss mit dir reden. Es geht um Simon.«

Ein eisiger Blick, dann wendet Bea sich ab und friemelt wieder an den Schnüren des Banners rum. »Nicht mehr meine Baustelle.«

»Aber meine!«, ruft Leyla und kämpft mit den Tränen. Sie wird doch wohl jetzt nicht anfangen rumzuheulen? Vor der nicht! »Dass das zwischen Simon und dir so scheiße gelaufen ist, war nicht mein Fehler!«

WUSCH! Bea hat es endlich geschafft, die Befestigung des Banners zu lösen. Nur zwei Meter entfernt rauscht die schwere Stoffbahn zu Boden. Als Nächstes spuckt die ihr wahrscheinlich auf den Kopf.

So kommt Leyla nicht weiter. Jetzt hilft nur noch die Wahrheit.

»Was ich eigentlich sagen will: Zwischen Simon und mir lief es auch scheiße«, gibt Leyla zu. »Und jetzt ist alles ein einziges Chaos, und er ist einfach verschwunden. Ich mache mir Sorgen um Simon. Mein Freund – jetzt Exfreund – und ich kennen ihn nur unter seinem Cachernamen. Die Einzige, die mehr über ihn zu wissen scheint, bist leider du!« Da steht sie nun und bittet ihre Konkurrentin um Unterstützung. Das Schicksal hat rabenschwarzen Humor.

»Na gut, ich komm runter – wenn du dann aufhörst, ganz Friedrichshain mit deinem traurigen Liebesleben zu beschallen.« Trotz der harschen Worte klingt Beas Stimme jetzt nicht mehr ganz so unfreundlich wie vorher. Geschickt klettert sie die Leiter hinunter und winkt Leyla, ihr unter ein Vordach zu folgen. Dort stehen ein Kicker und ein durchgesessenes Ledersofa, auf dem Bea sich niederlässt.

Geschäftsmäßig schlägt sie die Beine übereinander. »Also, bringen wir's hinter uns. Was willst du wissen?«, fragt sie und mustert Leyla durch überdimensionale Brillengläser.

Zögernd setzt Leyla sich neben sie. Eben noch war ihr Kopf voller Fragen, jetzt weiß sie gar nicht, wo sie anfangen soll. »Woher kennt ihr euch eigentlich, Simon und du?«, fragt sie schließlich und kommt sich blöd vor.

»Leistungskurs Gemeinschaftskunde«, erklärt Bea.

»Kein Scheiß?«

»Kein Scheiß.« Bea grinst. »Die anderen im Kurs hassen ihn. Er ist so ein Klugscheißer, gibt zu allem seinen Senf dazu ... und natürlich ist seine Meinung die einzig richtige! Ich hab mich damals schon für *Freiraum Friedrichshain* engagiert, das hat Simon mitgekriegt. Als er gefragt hat, ob ich ihn mal mitnehmen kann, hab ich zuerst versucht, ihn abzuwimmeln. Aber Simon hat nicht lockergelassen.«

»Du hast Simon zum *Freiraum* gebracht?«, fragt Leyla überrascht.

»O ja.« Bea sieht ein bisschen stolz aus. »Er war so begeistert von dem Projekt, hatte tausend

Fragen und Vorschläge, was man noch verbessern könnte ... Echt, der hat sich da voll reingehängt. Plötzlich war Simon aktiver als ich, hat Beete angelegt, Protestslogans entworfen und in der Orga mitgemischt.«

»Boah, das hätte mich ja voll genervt«, sagt Leyla. »Der *Freiraum* war schließlich dein Ding und dann drängt er sich da so rein.«

»Nee, war okay. Seine Begeisterung war irgendwie ansteckend«, antwortet Bea nach kurzem Überlegen. »Bei Simon ist alles so intensiv, so absolut.«

Es hat angefangen zu regnen, und Leyla muss an den Tag am See denken, als Simon und sie sich zum ersten Mal nähergekommen sind. Sie versteht, was Bea meint, als die sagt: »Keine Kompromisse. Ich hab gespürt, hier ist jemand, der auf der Suche ist nach dem Kern.

Er hat mich mitgenommen auf seine Suche, mitgenommen zum Geocachen.

Aber das Cachen hat ihm nicht halb so viel Spaß gemacht, wie selbst Caches zu legen. Die Rätsel, das Planen und all das ... das war voll sein Ding.

Nur die Richtlinien haben ihn gestört, er fühlte sich davon eingeengt. Bald fing er an, eigene Caches zu legen, die er nicht geloggt hat, Caches nur für mich ... Das grüne Berlin. Meine Lieblingsorte, von denen ich ihm erzählt hatte. Die Caches waren total ausgeklügelt! Noch nie hat sich jemand so viel Mühe für mich gemacht.«

Leyla ist ein bisschen neidisch.

»Jedenfalls hat Simon es hingekriegt, dass ich mich in ihn verliebe. Wir haben viel Zeit zusammen verbracht, sind kreuz und quer durch Berlin gezogen. Nur körperlich lief noch nichts. Ich dachte, das kommt noch ...« Bea stockt. Leyla merkt, dass es ihr schwerfällt, weiterzusprechen. Aber dann gibt Bea sich einen Ruck.

»Stattdessen kam ein neuer Cache. Dieses Mal sollte ich ihn allein lösen. Es war ein Multi mit wichtigen Orten aus seinem Leben – und richtig schwer zu knacken. Doch wenn ich in der Schule versucht habe, Simon darauf anzusprechen, hat er mich ignoriert.«

»Hast du ihm hinterhertelefoniert?«, fragt Leyla.

»Was geht dich das an?!«, faucht Bea.

Leyla hebt beschwichtigend die Hände. »Nichts, aber das kenn ich! Anrufe und er geht nicht ran. SMSe und es kommt nichts zurück – das macht einen fertig.«

Bea schluckt, dann erzählt sie mit gesenktem Blick weiter: »Mir blieb nichts anderes übrig, als seinen Hinweisen zu folgen. Der letzte hat mich zu dem Reihenhaus geführt, in dem Simons Vater mit seiner anderen Familie lebt. Simon hat keinen Kontakt mehr zu ihm, aber ich sollte auf dem Grundstück nach dem Final suchen. Das war mir alles zu krass.

Ich habe den Multi abgebrochen und bin zu ihm nach Hause gefahren. Die Adresse hatte ich von einem Klassenkameraden, Simon hat mich nie zu sich eingeladen. Ist nicht die schönste Gegend da, lauter Hochhäuser. Als Simon mir aufgemacht hat, habe ich schon an seinem Blick gemerkt, dass ich einen Fehler gemacht hatte. Er war total kühl, hat mich gar nicht in die Wohnung gelassen. Vielleicht war er enttäuscht, dass ich aufgegeben hatte.

Ich habe ihn gefragt, was los ist. Aber er hat geblockt, meinte nur, er wäre auf der Jagd nach einem neuen, ganz besonderen Cache.« Wahrscheinlich soll Beas Lachen spöttisch klingen, aber die Verletzung schwingt noch mit.

»Meine Hilfe wollte er dabei nicht. Und als ich ihn zum Abschied geküsst habe, kam nichts zurück.«

Bea blickt in den Regen hinaus. Die Tropfen dröhnen auf dem Wellblech des Vordachs. »Ich habe es einfach nicht gerafft. Als er mich plötzlich anrief, weil er mich an der Oper treffen wollte, habe ich gehofft, dass ... Doch dann hatte er dich im Schlepptau.« Beas Blick macht deutlich, dass ihr nach wie vor ein Rätsel ist, was Simon eigentlich an Leyla findet. »Da habe ich endlich kapiert, dass *du* der besondere Cache bist, dem er nachjagt.«

»Tut mir leid«, murmelt Leyla. »Aber die Vorstellung für jemanden, den man mag, ein besonderer Cache zu sein, ist auch scheiße.«

Bea sieht aus, als hätte sie darüber noch nie nachgedacht. »Egal, mit dem Typen bin ich durch«, sagt sie schließlich und macht eine wegwerfende Handbewegung, die Leyla ihr nicht ganz abnimmt.

»Tja, ich nicht«, erwidert Leyla: »Und ohne deine Hilfe habe ich auch keine Chance, die Sache für mich zu klären. Ich stecke in diesem Cache fest. *Such mich ...* und dann diese Andeutungen von wegen *es gibt Schlimmeres als den Tod.*« Leyla nimmt innerlich Anlauf für die nächste Frage: »Glaubst du, er ... er könnte sich tatsächlich was antun?«

Die beiden Mädchen schauen sich an. »Alles nur Selbstinszenierung. Der will Aufmerksamkeit«, meint Bea. Doch Leyla erkennt einen Funken ihrer eigenen Angst, die sich in den Augen der anderen spiegelt.

Vielleicht ist es dieser Funke an Zweifel, der Bea einen Eyeliner aus ihrer Hosentasche ziehen und nach der Hand ihrer Konkurrentin greifen lässt. »Nur für den Fall, dass ich zu früh aufgegeben habe«, murmelt sie. Der Stift kitzelt auf Leylas Haut, genau wie damals, als sie Red zum ersten Mal begegnete und er ihr seine Telefonnummer auf die Hand geschrieben hatte. Mit dieser Berührung hatte alles angefangen.

»Simons Adresse.« Beas Stimme klingt harsch.

»Oh, danke«, stottert Leyla überrascht. Sie

hält Beatrix immer noch für eine arrogante Ökoschnepfe. Aber ihr schiefes Grinsen nötigt ihr Respekt ab. Gerade weil Leyla erkennen kann, wie schwer es ihr fällt.

»Freu dich nicht zu früh. Als Simon mit dir cachen gegangen ist, da hattest du einen Freund, oder?«

Leyla nickt.

»Das Parfüm der Unerreichbarkeit ...«, sagt Bea und steht auf. »Falls du ihn findest, erzähle ihm besser nicht, dass du jetzt Single bist.«

Mit hocherhobenem Kopf, ohne einen Blick zurück, verschwindet sie im Kulturzentrum. Der Regen hat nachgelassen, Leyla treffen nur noch vereinzelt Tropfen. Trotzdem deckt sie eine Hand über die kostbare Adresse. Das ist der Schlüssel, der ihr Simons Leben aufschließen wird.

Wer hätte gedacht, dass ausgerechnet ihre Konkurrentin ihr den entscheidenden Hinweis gibt? Irgendwie schräg. Love, Sex, Alien?

Alien, definitiv Alien!, denkt Leyla. Aber vielleicht ist ein bisschen Alien gar nicht schlecht.

24
Max

Max' Zimmer/
Dienstag 15 Uhr 14

»Ich mache mir Sorgen um den Vogel«, erklärt meine Mutter. »Seit der andere weg ist, frisst er nicht mehr richtig.«

Ich liege auf meinem Bett und starre an die Zimmerdecke. Das tue ich die meiste Zeit, seit Leyla gegangen ist. Ihr Schlafshirt liegt noch unter meinem Kopfkissen. Meine Mutter muss es neulich gewaschen haben, denn es duftet nicht mehr nach Orangen. Kein bisschen.

Trotzdem erinnert es mich unbarmherzig daran, was ich mal hatte und nie mehr haben werde. Genauso wie die kleinen Geschenke, die Leyla mir über das Jahr gemacht hat und die überall in meinem Zimmer verteilt sind. Allesalles Leyla-verseucht. Unglaublich, dass diese *Dinge* länger überdauern als unsere Beziehung. Ich habe mal gehört, dass der Körper sieben Jahre braucht, um sich komplett zu erneuern. Sieben verfickte Jahre, bis sich keine meiner Zellen mehr an Leyla erinnert.

Ich sollte wenigstens ihr Zeug wegpacken, mein Zimmer ent-Leyla-fizieren. Aber ich kann nicht. Auch wenn ich sie im Kopf hundertmal ein Flittchen nenne, ich kann nicht aufhören, an sie zu denken, und das saugt alle Kraft aus mir raus.

Mein Akku ist auf null.

»Hörst du mir überhaupt zu, Max?«, fragt meine Mutter. Stimmt ja, sie steht immer noch da.

»Was?«

»Ich sagte, dass ich mir Sorgen um den Vogel mache«, wiederholt sie mit gerunzelter Stirn.

»Der will nicht mehr.«

»Meinst du?«, fragt meine Mutter erschrocken. Ich antworte nicht, schließe die Augen, um deutlich zu machen, dass ich geschafft vom Schultag bin und meine Ruhe will. Aber sie lässt nicht locker: »Wo ist denn Leyla heute? Trefft ihr euch nicht sonst immer vor dem Training?«

»Das ist vorbei.« Ich drehe ihr den Rücken zu. Wann geht sie endlich?

Doch dann bewegt sich die Matratze unter ihrem Gewicht, als sie sich neben mich auf die Bettkante setzt. Eine vorsichtige Berührung an der Schulter. »Das tut mir leid, Schatz.« Ich schüttele ihre Hand ab, ihr Mitleid macht mich krank.

»Tu nicht so«, schnaube ich und reibe die verdammten Tränen wieder in meine Augen zurück. »Du konntest sie doch sowieso nicht leiden.«

»Leyla und ich waren nicht immer einer Meinung, ja«, gibt meine Mutter zu. »Aber ich weiß, wie es ist, wenn die erste Liebe kaputtgeht. Mit der Zeit wirst du lernen …«

»Oh, bitte!«, unterbreche ich sie und richte mich auf. »Keine Ratschläge in Liebesdingen. Nicht von dir.«

Zähes, verletztes Schweigen. »Wenn du meinst«, sagt meine Mutter schließlich mit dünner Stimme und steht auf.

Ich fühle mich scheiße. »'tschuldigung«, flüstere ich.

Sie geht nicht darauf ein, klatscht stattdessen in die Hände, als wollte sie sich selbst ein Signal zum Aufbruch geben. »Tja, bleibt das Problem mit dem

Vogel. Wir könnten einen neuen kaufen«, schlägt sie vor.

Als wäre alles so einfach ersetzbar. Vielleicht gibt es ja in der Tierhandlung auch eine neue Freundin für mich: handzahmes, hübsches Exemplar direkt vom Züchter. Meine Mutter würde mir bestimmt beim Aussuchen helfen.

»Ich hab noch Training«, blocke ich. Das zieht immer. Wie sollte ich meinen Eltern auch sagen, dass ich vom Training suspendiert bin?

»Vielleicht morgen?«

»Vielleicht.«

Meine Mutter sieht aus, als wolle sie noch etwas sagen, aber dann nickt sie nur und macht vorsichtig die Tür hinter sich zu.

Als sie weg ist, ziehe ich Leylas Schlafshirt hervor und lege es auf das Kopfkissen. So fest ich kann, schlage ich darauf ein. Bestimmt hat Leyla Red inzwischen gefunden. *Schlag.* Egal, was sie behauptet hat, sicher ist sie insgeheim erleichtert, dass sie mich durch den Cache losgeworden ist. *Schlag.* Red und Leyla sind zusammen und teilen alles, was Leyla früher mit mir geteilt hat. *Schlag.*

Sie lachen miteinander, laufen Hand in Hand, haben Sex ... *Schlag. Schlag. Schlag.*

Hass. Eifersucht und Hass in jeder meiner Zellen. Und immer noch Liebe, das ist das Schlimmste.

Wenn ich Pech habe, geht das noch sieben Jahre lang so. Oder für immer. Immerimmer. Meine Hand tut weh, aber in dem scheiß Stoff zeichnet sich nur eine leichte Kuhle ab.

Wie kann das sein, dass zwei Menschen, die zusammengehört haben, sich trennen und die eine macht einfach mit einem Neuen weiter, während der andere ... Spürt Leyla das nicht? Die muss das doch spüren! Ich beiße mir in den Handballen, bis der neue Schmerz den alten verdrängt.

Dann atme ich drei Mal tief durch und packe mein Schwimmzeug fertig.

Ich bin spät dran, bestimmt sind die anderen schon beim Umziehen. Irgendwie hatte ich gehofft, Ben würde an der Haltestelle vorm Schwimmbad auf mich warten. Dabei weiß der doch gar nicht, dass ich komme. Trotzdem. Ich stehe da noch eine Weile herum wie ein verlorengegangenes Gepäckstück.

Normalerweise werden die sofort entfernt, da potentiell gefährlich. Ich nicht. Niemand kommt.

Was soll ich jetzt tun? Schilling anflehen, dass er mich wieder mittrainieren lässt? Will ich das überhaupt?

Ich schultere meine Schwimmtasche und gehe langsam durch die Dämmerung auf das Hallenbad zu. Es leuchtet wie ein Aquarium in einem dunklen Raum.

Seit sechs Jahren latsche ich fast jeden Dienstag diese Stufen rauf. Heute kommen sie mir höher vor. Oder liegt es daran, dass ich sonst nicht darüber nachdenke? Ich stoße die Eingangstür auf, die schwüle Wärme und der Schwimmbadgeruch umfangen mich wie eine vertraute Umarmung. Ich werde einfach reingehen und eine Runde schwimmen, nur so für mich. Mir Leyla und den ganzen Scheiß mit Chlorwasser aus dem Hirn spülen.

Die Dame am Schalter nickt mir zu. Ich tue so, als müsste ich nach meiner Jahreskarte kramen, aber in Wirklichkeit brauche ich Zeit zum Nachdenken.

Die anderen aus dem Team werden komisch gucken. Sicher konnte Ben seine Klappe nicht halten, und inzwischen wissen alle, dass mit Leyla und mir Schluss ist. Vielleicht wussten sie es aber auch schon längst, und ich bin der Letzte, der es gecheckt hat. Vielleicht lachen sie gerade in der Umkleide über den Trottel, der sich wochenlang verarschen lässt.

»Geh ruhig durch.« Die Dame, die die Tickets verkauft, lächelt mich an. »Ich weiß ja, dass du eine Karte hast. Bring sie einfach nächstes Mal wieder mit.«

In meiner Jackentasche fühle ich das Gewicht des roten Schlosses. Ich könnte es entsorgen, wegwerfen. Aber das wäre sinnlos. Weil das verdammte Schloss längst in mir steckt, in mir festgewachsen ist. Wenn ich jetzt schwimmen gehe, würde sein Gewicht mich nach unten ziehen. Ich könnte abtauchen, untertauchen, bis der Bademeister ins Wasser springt, um mich zu retten. Dann wäre ich den Rest meines Lebens das Weichei vom Dienst.

»Äh ... ich hab noch was vergessen: Meine Badehose«, stammele ich und renne raus aus dem Gebäude. Die Eingangstür fällt hinter mir zu.

Gekniffen. Ich hab's verbockt, ich verbocke alles. Kein Wunder, dass Leyla Red besser findet. Loser. Loser. Loser. Jetzt kann ich nicht zurück, nach der peinlichen Aktion kann ich der netten Schalterdame nicht mehr vor die Augen treten. Aber nach Hause in mein Leyla-verseuchtes Zimmer kann ich auch nicht. Wohin sonst? Berlin ist so groß, aber es gibt keinen Ort für mich. Keinen Ort, an dem ich mich besser fühlen würde. Stattdessen schleiche ich mich durch das Gebüsch auf die Rückseite des Hallenbads wie so ein elender Spanner.

Hinter einem Busch verborgen, kann ich durch die breite Glasfront in die Schwimmhalle schauen. Das Training hat bereits angefangen. Schilling steht am Beckenrand und kommandiert die Jungs herum. Die schwimmen ihre Bahnen, durch die Badekappen sind sie kaum voneinander zu unterscheiden.

Da ist keine Lücke. Niemand bemerkt, dass ich fehle, dass ich hier draußen friere, während die da drinnen in Badehosen barfuß laufen.

Es ist seltsam, das Leben so von außen zu betrachten, durch die Glaswand, die alle Geräusche dämmt. Es zu betrachten und festzustellen, dass es keinen Unterschied macht, ob ich da bin oder weg.

Ich könnte toter Mann spielen.

Mein Atem lässt die Scheibe beschlagen. Ich drehe mich um und gehe. Hinter mir löscht die Kälte jede Spur, dass ich da war.

25
Leyla

Simons Wohnblock/
Dienstag, 17 Uhr 20

Der Aufzug ist kaputt. Leyla läuft die Treppen hoch und fühlt sich wie im falschen Film. Alien, Alien, Alien.

Was macht sie eigentlich hier, in diesem fremden Haus? In cirka einer halben Stunde ist Max' Training vorbei, und sie könnte ihn abholen. Ein scharfes Stechen. Die Erinnerung, dass jetzt alles anders ist, durchzuckt Leylas Brustkorb. Max ist vom Training suspendiert. Außerdem will er nicht mehr, dass sie ihn irgendwo abholt, er will sie gar nicht mehr sehen. Max und sie sind nicht mehr zusammen.

Keine Max-und-Leyla-Fotos mehr im Fotoautomaten. Keine neuen Erlebnisse, die zu gemeinsamen Erinnerungen werden.

Das tut weh.

»Nur Seitenstechen. Nur Seitenstechen«, redet Leyla sich selber zu und läuft weiter. Als sie im achten Stock ankommt, ist sie ziemlich außer Atem.

»Da spart man sich das Fitnessstudio, was?«, fragt die Frau, die in der offenen Tür steht und lacht. Man sieht die Familienähnlichkeit sofort: Sie ist drahtig wie ihr Sohn, auch wenn Leyla vermutet, dass sie dem Rot ihrer hochgebundenen Haare inzwischen mit einer Tönung nachhelfen muss. »Hallo erst mal.« Die Frau streckt ihr die Hand entgegen. »Ich bin Daniela.«

»Leyla«, murmelt Leyla.

Daniela hat einen festen Händedruck. »Du willst bestimmt zu Simon, oder? Bist du seine Freundin?«, fragt sie gerade heraus.

Ja, wie steht sie überhaupt zu Simon? Leyla weiß nicht, was sie antworten soll und läuft rot an. Zum Glück scheint Daniela es nicht zu bemerken. Sie hat sich bereits umgedreht und geht zurück in die Wohnung, anscheinend in der festen Erwartung, dass Leyla ihr folgt.

Entgegen Leylas Vermutung ist nichts von Verwahrlosung zu spüren. Tatsächlich wirkt es, als hätte jemand sich sehr bemüht, Leben in diese enge, triste Wohnung zu bringen. Doch Leyla fühlt sich von dem knalligen Frühlingsgrün der Flurwände erdrückt und von all den Dekoartikeln, die Heimeligkeit erzeugen wollen, bedrängt. Seltsam, dass Red wirklich hier lebt und täglich an dem kitschigen Poster mit dem Wasserfall vorbeigeht, sich morgens Frühstücksbrote macht, die Zähne putzt und die Zehennägel schneidet wie ein Normalsterblicher.

Daniela klopft an einer Tür, an der wie ein Überbleibsel aus der Kindheit ein Betreten-verboten!-Schild hängt. Simons Zimmertür! Was für ein Gesicht er wohl macht, wenn sie sich gleich gegenüberstehen? Wird er abweisend reagieren wie bei Beatrix? Wird er sich freuen? Leylas Herz spielt einen Trommelwirbel.

Aber niemand öffnet.

»Oh, der ist wohl schon wieder weg«, sagt Daniela.

»Wissen Sie, wo er hinwollte?« Wenn Leyla abends weggeht, wollen ihre Eltern immer wissen, was sie vorhat. Und wenn sie nicht zur verabredeten Zeit zurück ist, gibt es Ärger.

»Keine Ahnung. Simon führt sein eigenes Leben.«

»Es ist nur, weil ... Simon und ich ... hm ... wir hatten Streit«, erklärt Leyla. »Und dann noch die Sache mit *Freiraum Friedrichshain* ...« An Danielas Gesichtsausdruck ist deutlich zu erkennen, dass sie keine Ahnung hat, was der Freiraum ist und wie viel er ihrem Sohn bedeutet.

»Na ja, ich wollte fragen, ob Ihnen in den letzten Tagen etwas an Simon aufgefallen ist?«, tastet Leyla sich weiter vor: »Dass er unglücklich wirkte oder so? Ich mache mir Sorgen ...«

»Aufgefallen?«, unterbricht Daniela sie. »Nein. Aber glaube mir, Sorgen sind unnötig, der kommt schon zurecht. Wenn du willst, kannst du in der Küche auf ihn warten. Ich würde dich ja auch in sein Zimmer lassen, aber er schließt es immer ab. Er legt viel Wert auf seine Privatsphäre.«

Ja, das passt zu Red.

Plötzlich hat Leyla einen Geistesblitz. »Oh, er hat mir den Schlüssel gegeben.« Zumindest, wenn man es großzügig interpretiert. Leyla zieht den Schlüssel hervor, den sie im Rundhaus gefunden hat. Obwohl sie es sich ganz anders vorgestellt hat – das hier muss der Lost Place sein, zu dem der Schlüssel gehört.

Zum ersten Mal sieht Reds Mutter wirklich überrascht aus. »Gut, wenn das so ist ...«

Hoffentlich pokert sie nicht zu hoch ... hoffentlich ist es der Richtige. Leyla hält den Atem an, als sie den Schlüssel in das Schloss steckt, ihn behutsam dreht ... ein leises Klicken ist zu hören. Sie drückt die Klinke herunter – bitte, bitte –, und die Tür schwingt auf.

Leyla registriert, dass Simons Mutter fast ebenso gespannt in sein Zimmer schaut wie sie selbst. Einen kurzen Moment stehen sie zusammen und teilen etwas, das Leyla nicht genau benennen kann. Vielleicht ist Simon für Daniela auch so schwer greifbar wie für sie. Ist er selbst für seine Mutter ein Cache? Und falls es so ist – sucht sie nach ihm oder hat sie bereits aufgegeben? Schließlich räuspert Daniela sich. »Dann geh ich mal das Abendessen fertigmachen. In einer Stunde beginnt meine

Schicht.« Ein kurzes, ein wenig trauriges Lächeln, dann geht sie.

Leyla bleibt allein vor Simons Zimmer zurück. Sie holt tief Luft und tritt über die Schwelle.

Simons Zimmer ist komplett anders als der Rest der überladenen Wohnung, aber Leyla ist nicht sicher, ob es ihr gefällt.

Ein heller, fast leerer Raum. Keine Bilder, stattdessen bedecken handbeschriebene Papierbahnen die Wände. Leyla erkennt einen großen, komplexen Plan zur Verteidigung des Freiraums. Sonst ist alles aufs Nötigste reduziert: ein Schreibtisch mit Stuhl, eine Kleiderstange, ein Bett. Ein bisschen wie in dem Film über Mönche im Kloster, den sie mal in der Schule geguckt haben.

Leyla muss an Max' großes, gemütliches Zimmer mit den Dachschrägen denken. Ungestört von jüngeren Geschwistern haben sie dort die meiste Zeit verbracht. In dem Jahr, in dem sie zusammen waren, ist es allmählich ihr gemeinsamer Raum geworden. Nicht Max' Elternhaus, aber dieses Zimmer wurde eine Art zweites Zuhause für Leyla. Sie hat sogar ein Schlafshirt da und eine Zahnbürste.

Vorbei. Diesen Raum gibt es nicht mehr, nicht für sie. Und Simons karges Zimmer ist ihr noch fremd.

Sie setzt sich auf das unbekannte Bett. Hier schläft Simon also, denkt nach, träumt ... von ihr? Leyla lässt sich nach hinten fallen, vergräbt ihre Nase im Bettzeug. Es duftet nach Waschmittel und einer schwachen Spur von Red, die sie mit geschlossenen Augen in sich einsaugt.

Als sie die Augen wieder öffnet, liest sie ihren Namen. Er steht mittig auf der Papierbahn, die über dem Bett hängt. Drum herum sind wie die Ziffern einer Uhr die Stationen des Multis angeordnet. Sie muss daran denken, was Bea erzählt hat, wie akribisch Simon seine Caches plant.

1.) Rundhaus: Filmdose in Starkstromkasten

2.) Schwimmbad: Am Dreimeterbrett

3.) Zu Hause bei Leyla: Erinnerungsdecke

4.) ...

Mit Beas Hilfe hat sie sechs Stationen auf dem Plan übersprungen. Das hier ist die vorletzte. Der

Final ist rot umrandet. Jetzt weiß sie endlich, wo sie Simon finden kann.

»Hätte ich mir ja denken können«, murmelt Leyla und steht auf.

»Du gehst wieder?« Barfuß, mit rosa lackierten Zehennägeln steht Daniela am Herd. Sie rührt in einer Pfanne mit garantiert nicht veganem Essen. Beim Duft von Rührei und Speck beginnt Leylas Magen zu knurren.

»Ja, ich wollte nur schnell tschüss sagen.«

»Tschüss.«

Doch Leyla bleibt in der Tür stehen, wie gebannt von der überraschenden Aussicht aus dem Küchenfenster.

Auf dem Hinweg hat sie nicht bemerkt, dass die Wohnblöcke so nahe an dem verlassenen Freizeitpark liegen. Jetzt sieht Leyla über den kahlen Baumwipfeln das Riesenrad aufragen wie ein Relikt aus einer anderen Zeit. Plötzlich muss sie an das Foto auf dem Kaminsims von Max' Eltern denken – und Simons Reaktion darauf. Ein kalter Schauer läuft ihr über den Rücken.

»Ist noch was?«, fragt Daniela.

»Hmm, ja. Das klingt jetzt vielleicht komisch, aber ... Sind Sie je mit Simon Riesenrad gefahren?«, fragt Leyla stockend.

»Wieso?« Danielas Gesicht verschließt sich. »Ist das die Grundbedingung für ein gelungenes Leben? Glaubst du, das ist der Grund dafür, dass mein Sohn unglücklich ist?«

»Nein«, stammelt Leyla verlegen. »Er hat nur mal erzählt, wie sehr er sich das als Kind gewünscht hat.«

»Tja, das Leben ist kein Wunschkonzert. Als Altenpflegerin hat man's nicht so dicke. Hat Simon sich beschwert? Ich weiß, er hat keine hohe Meinung von mir – auch wegen meiner *Männergeschichten*, wie er es nennt.«

Sie erwidert Leylas Blick mit trotzig vorgeschobenem Kiefer – in diesem Moment ist die Ähnlichkeit mit ihrem Sohn wirklich unübersehbar. »Wenn man mich dafür verurteilen will, bitte.«

Leyla weiß nicht, was sie sagen soll. In diesem Moment durchzieht die Küche ein intensiver Geruch nach Angebranntem.

»Scheiße!« Fluchend zieht Daniela die Pfanne vom Herd. Sie öffnet das Fenster und versucht den stinkenden Qualm hinauszuwedeln. Aber er ist überall. Schließlich lässt sie resigniert die Hände sinken.

Als Leyla leise die Küche verlässt, steht Daniela immer noch am offenen Fenster und betrachtet das stillgelegte Riesenrad, das in der Dämmerung verschwindet.

26
Max

Alles so still hier.

21
Leyla

Freiraum Friedrichshain/
Dienstag, 18 Uhr 35

Die Bagger warten auf ihren morgigen Einsatz wie schlafende Ungeheuer. Leyla ist unheimlich zumute, als sie zwischen den reglosen Maschinen hindurchgeht. Der Boden ist von den schweren Rädern aufgewühlt und matschig, mehrmals rutscht sie fast aus.

Trotz der Dunkelheit kann Leyla erkennen, dass viele der aus Paletten errichteten Beete bereits verschwunden sind. Simons Turm steht noch. Sitzt da oben jemand?

»Hallo?«, ruft sie und kann nicht verhindern, dass ihre Stimme unsicher klingt. »Hallo, Simon?«

Oben schaltet jemand eine Taschenlampe an. Der Lichtpunkt leuchtet durch die Dunkelheit. »Leyla.« Beim Klang der vertrauten Stimme spürt Leyla ein Flattern im Magen. Im Gegenlicht kann sie die Gestalt auf dem Hochsitz nur schemenhaft erkennen, aber sie weiß, dass es Simon ist. Nachdem sie mit Max seinen Hinweisen durch die halbe Stadt gefolgt ist, hat sie ihn endlich gefunden.

Ist das Erleichterung, Freude oder Wut, was sie gerade fühlt? Während Leyla noch in sich hineinhorcht, richtet Simon den grellen Lichtstrahl der Taschenlampe direkt auf ihr Gesicht. »Ich habe erst morgen mit dir gerechnet. Ehrlich gesagt wusste ich nicht, ob du überhaupt kommst.«

»Boah, das blendet!« Leyla hebt eine Hand vor die Augen. Wie eine Begrüßung fühlt sich das nicht an, eher wie ein Verhör.

»Ist Max bei dir?«, fragt Simon.

»Nein, dafür hast du mit deinem Cache ja wohl gesorgt.« Leyla flüchtet aus dem Lichtkegel der Taschenlampe. Ihre Augen brennen. Sie tritt gegen den Pfosten des Turms, damit er merkt, dass sie sauer ist. Aber das reicht nicht. Sie will ihm ins Gesicht sagen, wie scheiße das alles war. Entschlossen klettert sie die wacklige Leiter hinauf.

Simons Körper steckt in einem Armeeschlafsack – wie eine Raupe sieht er aus, kurz vor dem Verpuppen. Sein Gesicht im Schein der Taschenlampe wirkt müde und angespannt. Als Leyla sich neben ihn auf die Bank setzen will, muss sie erst einmal einen Haufen Steine wegschieben.

»Wozu sind die denn?«

»Munition«, erwidert er knapp.

Obwohl sie so dicht nebeneinanderhocken, dass Leyla seine Körperwärme spüren kann, ist es ganz anders als beim letzten Mal. Statt eines blauen Himmels mit fedrigen Wolken wölbt sich jetzt eine dunkle Leere über ihnen. Das Gefühl von Nähe ist weg. Oder ist es noch da, wie der Sternenhimmel, der vom Lichtmüll der Großstadt verschluckt wird?

»Was soll das alles?«, fragt Leyla: »Deine SMS – ich dachte, das sei ein Hilferuf. Ich habe sogar gedacht, du willst dich umbringen!«

»Echt? So was würde ich nie tun.« Red sieht aufrichtig erstaunt aus. »Selbstmord ist was für Feiglinge. Dann hat diese Arschloch-Welt es geschafft, dich kleinzukriegen. Nein, ich habe vor, frühestens mit achtzig zu sterben – am besten während ich mich mit einem Protestplakat von einem Atomreaktor abseile oder so.«

Im Kampf für die Prinzipien sterben ist also okay für ihn, aber einfach Schluss machen? Das passt nicht zu Red. Eigentlich hätte sie sich das denken können. Leyla kommt sich dumm vor. »Wozu dann dieser Cache, diese Spielchen?«, fragt sie verwirrt.

»Der Cache war nur das letzte Mittel«, verteidigt Red sich. »Ich hab ja versucht, mit Max zu reden. Über dich und mich. An dem Abend, an dem er aus dem Urlaub kam, bin ich zu ihm hin … Aber seine Mutter hat mich weggeschickt wie so einen Bettler!«

»Du kapierst es einfach nicht, oder?!« Leyla ist so wütend, dass sie Simon am liebsten vom Hochstand schubsen würde. »Es war nie deine Aufgabe, das mit Max zu klären – schon gar nicht mit so einem scheiß Cache. Sondern meine!«

»Und, hast du es gemacht?«, kontert Simon.

Leyla schweigt.

»Dachte ich mir's doch. Wetten, dass er die Wahrheit erst im *Museum der Unerhörten Dinge* erfahren hat? Durch meinen Cache – und genau deshalb habe ich ihn gelegt. Für klare Verhältnisse.«

Wie ekelhaft selbstgerecht er klingt! Wie geschickt er mit all diesen großen Begriffen hantiert: Wahrheit, klare Verhältnisse. Als könnte er genau definieren, was das ist, während in Leylas Innerem ein hilfloses Chaos herrscht. Und das deutliche Gefühl, dass Simon unrecht hat.

»Das sagst du so einfach!«, platzt sie heraus. »Du warst ja nicht dabei, als Max das mit uns rausgefunden hat. Aber ich war da, ich musste sein Gesicht sehen! Ich habe mich noch nie im Leben so scheiße gefühlt!«

Simon fragt nur: »Also ist es vorbei – das zwischen Max und dir?«

»Ja, ich glaube schon«, antwortet Leyla niedergeschlagen. »Max oder du – dein Cache hat mir die Wahl abgenommen. Während wir durch die Stadt gehetzt sind, habe ich mich die ganze Zeit gefragt, was dieser blöde Multi soll. Dabei wolltest du einfach nur meine Beziehung mit Max crashen.«

»Das siehst du falsch.« Simons eindringlicher Blick fängt ihren ein. »Ich musste einfach wissen, ob ich dir diese Suche wert bin – ob du dranbleibst, auch wenn es hart auf hart kommt. Ich musste wissen, ob du die Richtige bist.«

»Und?«, fragt Leyla erschöpft.

»Du bist hier, oder?« Mit dem Fuchslächeln, das sie so mag, nimmt er ihre Hand und legt etwas hinein. Leyla erkennt das Logbuch vom Müggelsee wieder, in das sie sich damals gemeinsam eingetragen haben: Die Buchstaben ihrer Unterschriften berühren sich, als würden ihre Cachernamen sich küssen.

So hat Simon sich also das Ende seines Multis vorgestellt.

Aber inzwischen ist viel passiert. Langsam klappt Leyla das Logbuch wieder zu. »Hättest du dich damals auch in mich verliebt, wenn ich nicht mit Max zusammen gewesen wäre?«, fragt sie. »Oder willst du nur das, was unerreichbar ist?«

»Du hast Bea getroffen, oder?«, seufzt Simon. »Lass dir von der nichts einreden. Die ist immer noch sauer, weil ich für sie nicht das empfunden habe, was ich jetzt für dich empfinde.«

Seine warmen Lippen streifen ihre, doch Leyla

dreht den Kopf weg. »Und was ich fühle – interessiert dich das auch?«

»Klar«, sagt Simon. Aber sein Lächeln ist verschwunden, sein Blick wachsam.

Stockend tastet Leyla nach den richtigen Worten. »Dein Cache hat viel kaputtgemacht. Ich weiß nicht, ob ich mit jemandem zusammen sein will, der so krass sein eigenes Ding plant und durchzieht – ohne Rücksicht auf andere. Wie soll ich dir nach der Aktion wieder vertrauen? Tut mir leid, aber ich kann das so nicht.«

Noch während sie redet, verdüstert sich Simons Gesicht. »Hab ich das richtig verstanden? Du bist nicht mehr mit Max zusammen, aber das mit uns ist trotzdem vorbei?« Er greift nach einem der Steine, die in einem Haufen vor seinen Füßen liegen, und dreht ihn in der Hand, lässt ihn wieder fallen. Von dem dumpfem Geräusch aufeinanderprallender Steine bekommt Leyla eine Gänsehaut. Ihr fällt wieder ein, dass er sie vorhin als Munition bezeichnet hat.

»Ja, das mit uns ist vorbei.« Es fällt Leyla schwer, doch sie gibt Simon das Logbuch zurück.

Er zögert, es anzunehmen, einen Moment lang schwebt das rote Buch zwischen ihnen. Liebe, Enttäuschung und Schmerz, auch Wut flackern über Simons Gesicht. Dann greift er entschlossen nach dem Logbuch.

»Vorbei«, wiederholt er und seine Miene erstarrt zu einer Maske mit steingrauen Augen.

Leyla sagt sich, dass sie das Richtige tut. Weder mit Max noch mit Red funktioniert das mit einer glücklichen Beziehung. Die beiden sind Stationen auf ihrem persönlichen Multi. Doch als ihr klarwird, dass die ganze verdammte Sucherei wieder von neuem losgehen wird, ist ihr Herz schwer wie einer von Reds Steinen. Vielleicht dauert es noch Jahre. Vielleicht findet Leyla diesen Cache auch nie. Oder sie entdeckt unterwegs etwas anderes, was sie glücklich macht. *Love, Sex, Alien?* »Der richtige Typ für mich wartet irgendwo da draußen …«, macht sie sich selbst Mut.

»… und wenn du ihn triffst, wirst du feststellen, dass er viel langweiliger ist als ich«, knurrt Simon und schleudert das Logbuch in einem kraftvollen Bogen fort. Die weißen Seiten öffnen sich im Fallen und verstreuen ihre Geheimnisse in die Nacht. Das Logbuch verschwindet in der Dunkelheit.

»Das hoffe ich«, seufzt Leyla aus tiefstem Herzen.

Eine Weile sitzen sie schweigend nebeneinander. Leyla friert, aber sie steckt irgendwie fest hier, auf diesem Turm, in dieser krassen, seltsamen Beziehung. Es hat so schön begonnen, mit Sonnenblumen und warmen Küssen. Wie konnte sich das alles in eine matschige Baustelle verwandeln? Morgen reißen die alles nieder. Das ist so traurig, dass sie heulen könnte.

Simon ist wohl auf den Geschmack gekommen. Jetzt schmeißt er Steine in Richtung der wartenden Maschinen.

»Glaubst du im Ernst, dass deine Kieselsteine die Bagger aufhalten? Bea und die anderen haben aufgegeben. Allein hast du keine Chance.«

Simon blickt starr an ihr vorbei. »Das werden wir ja sehen.«

»Was willst du tun? Dich hier festketten? Ihre Reifen durchstechen?«

»Warum nicht?«, antwortet Simon mit zusammengepressten Lippen. »Oder soll ich einfach alles so hinnehmen? Soll ich zugucken, wie mir weggenommen wird, was mir etwas bedeutet und dann noch freundlich winken? Nein, nicht mit mir!« Die letzten Wörter brüllt er: »Mach kaputt, was dich kaputtmacht!« Dieses Mal klirrt Glas.

Leyla wird das alles hier zu viel. »Ich geh jetzt nach Hause. Mir ist kalt«, murmelt sie und fängt an die Leiter wieder hinunterzuklettern. Halb hofft sie, dass Simon den Quatsch mit den Steinen lässt. Dass er ihr nachkommt und ihr seine Jacke anbietet und sich entschuldigt.

Aber Simon kommt nicht. Er wirft weiter.

Während sie zwischen den wartenden Baggern hindurchläuft, hört Leyla hinter sich einen Hagel von Steinen gegen die Bagger prasseln.

28
Leyla

Mittwoch, 13 Uhr 15

SMS: Hey, nur zur Info: Hab den Multi gelöst und Red gefunden. Er ist ein Idiot, aber sonst geht es ihm gut. LG Leyla

Mittwoch, 19 Uhr 57
»Ich hasse Mailboxen ... Schon kapiert, Max. Ich bin dir egal. Du mir aber nicht. Hab dich heute in der Schule gar nicht gesehen. Ist doch auch scheiße, wenn wir uns so aus dem Weg gehen.«

Donnerstag, 16 Uhr 40
»Hey, Max, was ist los? Bist du krank? Ben wusste auch nichts. Meld dich mal kurz. Mach mir sonst Sorgen.«

Donnerstag, 18 Uhr 03
»Hallo?«
»Hallo, Leyla, hier ist Gerd Kempe. Max' Vater.«
»Oh, hallo. Was ist … warum rufen Sie mich an?«
- - -
»Ist … ist was mit Max? Er hat sich die ganze Zeit nicht gemeldet«
»Leyla, es ist … ich habe eine schreckliche Nachricht. Max ist tot.«

Freitag, 15 Uhr 01
Leyla (SMS): Max. Das tut so weh. Nie wieder eine SMS von dir. Nie wieder irgendwas von dir. Wie soll das den Rest des Lebens gehen?

Samstag, 2 Uhr 20
Leyla (SMS): Sie sagen, du hast es selbst getan. Warum? Warum nur? Warum? Scheiße, warum?

Samstag, 2 Uhr 22
Leyla (SMS): Du egoistischer Arsch!

Samstag, 4 Uhr 59
Leyla (SMS): Komm zurück. Es tut mir leid.

Dienstag, 17 Uhr 44
Leyla (SMS): Ich kann's immer noch nicht fassen.
Simon (SMS): Bestimmt hatte der Depris oder so.
Leyla (SMS): Aber dein Cache, mein dummes Gerede über Selbstmord ... Was, wenn ihn das erst auf den Gedanken gebracht hat?
Simon (SMS): Hör auf! Pech mit der Liebe, so what? Bring ich mich deswegen gleich um?! Es

war allein seine Entscheidung. Wenn du dich fertigmachen willst, bitte. Aber ich lasse mir von dir keine Schuldgefühle einreden. Hör auf, mir zu schreiben. Ich lösche jetzt deine Nummer.
Leyla (SMS): Dann lösch sie. Aber der Rest lässt sich nicht so einfach löschen.

Epilog
Leyla

Leylas Zimmer/
Montag, 11 Uhr 07

Jeden Morgen, wenn Leyla aufwacht, gibt es etwa dreißig Sekunden, in denen alles okay ist. Dann kracht die Erinnerung wieder auf sie herunter wie ein Zementblock.

An dem Tag, an dem die Nachricht kam, hat sie so viel geweint, dass sie Nasenbluten davon bekam. Es hörte einfach nicht mehr auf: Das Weinen, das Bluten, bis die ihr in der Notaufnahme etwas gegeben haben. Seitdem keine einzige Träne mehr. Leyla fühlt sich wie ein ausgewrungener Lappen.

Sie sollte jetzt wirklich aufstehen und duschen. Ihre Haare sind fettig, ihr Körper verschwitzt. Stattdessen liegt sie weiter auf ihrer halbfertigen Erinnerungsdecke. Unter der dünnen, weichen Schicht spürt Leyla die harten Dielen. Wenn sie den Kopf in den Nacken legt, kann sie aus dem Fenster sehen: Ein großes Stück Hauswand des Nachbargebäudes und einen kleinen Fetzen bewölkten Berliner Herbsthimmel. Ab und zu fliegt ein Vogel vorbei. Leyla zählt sie und versucht an nichts zu denken. Sechzehn Vögel, siebzehn …

Max wird nie siebzehn werden und auch nicht volljährig. Jetzt wird Leyla nie erfahren, ob er das Schwimmen wirklich mochte. Max wird nie eine Ausbildung machen oder studieren oder alles hinschmeißen und nach Südamerika auswandern. Er wird nie neben dem Menschen aufwachen, den er liebt. Er wird niemals Kinder haben oder entscheiden, dass er Kinder doof findet und keine will. Er wird nicht erleben, wie es ist, alt zu sein.

Heute Mittag ist seine Beerdigung.

In Leylas Kopf laufen in quälender Endlosschleife die Ereignisse der letzten Tage ab. Die ganze Zeit hat sie den Falschen gesucht, sich um den Falschen gesorgt. Sie klickt sich durch Max' spärliche SMS und die Fotos, die er ihr aus dem Urlaub geschickt hat. Hat es Hinweise auf den Selbstmord gegeben? Hätte sie ahnen können, was passieren würde?

Das Foto von Max' Hand, die zur Faust geschlossen, etwas zu verstecken scheint.

Was war das für ein Geschenk, das Max ihr geben wollte? Leyla hat nichts verstanden. Nicht die richtigen Fragen gestellt. Und jetzt ist es zu spät.

Günay kommt ins Zimmer gehuscht und stellt eine Tasse heiße Zitrone neben Leyla auf den Boden. »Papa sagt, er kann dich fahren. Er hat schon seinen schwarzen Anzug an.«

Leyla vergräbt ihren Kopf in den Armen. »Ich kann da nicht hingehen! Max' Eltern, seine Freunde ... bestimmt hassen die mich alle, weil sie denken, dass ich schuld bin.«

Aber wenn sie nicht hingeht, hasst sie sich vielleicht selbst.

»Ich hasse dich nicht«, sagt Günay. Sie legt sich neben Leyla auf die Decke und kuschelt sich an sie. Eine Weile liegen die Schwestern schweigend nebeneinander. »Warum hat Max das gemacht?«, fragt Günay schließlich und sieht Leyla mit ernsten Augen an. Darauf hätte Leyla selbst gerne eine Antwort.

»Ich weiß nicht.«

Günay streichelt sie schüchtern. Das warme Gewicht des kleinen Kopfes auf ihrem Arm tut Leyla gut. Irgendetwas in ihr löst sich und schmilzt.

Stille Tränen rinnen über ihre Nase und tropfen auf die Decke, die aus lauter Resten von Dingen besteht, die jetzt nicht mehr da sind: Oma Gretes Küchenschürze, das Quadrat, auf das Simon seinen Hinweis gestickt hatte … Den Stoff, den Max ihr aus dem Urlaub mitgebracht hat, hat Leyla noch nicht aufgenäht. Sie weiß nicht, ob sich dieser Teil je in ihr Muster einfügen lässt.

Auf der einen Seite der Decke sieht Leyla nur ein sinnloses Gewirr von Nähten, die aussehen wie Narben, auf der anderen schimmern die Farben wie ein kostbarer Schatz.

Nachwort

Mein herzlicher Dank geht an …

… Tilmann Spreckelsen und den S. Fischer Verlag für die Einladung, einen Roman für die Reihe mit dem blauen Band zu gestalten.

… Alexandra Rak für das präzise, engagierte Lektorat und die gute Zusammenarbeit.

… meinen Testlesern Ulrike Metzger, Tilmann Spreckelsen, Julia Gronhoff, Rolf, Sophia, Katharina und Angelika für ihre wertvollen Anregungen, die zu einer grundlegenden Überarbeitung des Romans führten.

… Julä für die Infos zum Geocachen. Plotbedingte Abweichungen von den Richtlinien und schlecht versteckte Caches gehen auf mein Konto.

… meinen Freunden für ihre Begleitung bei den Berlin-Streifzügen.

… Herrn Albrecht dafür, dass sein fiktiver Doppelgänger und sein *Museum der Unerhörten Dinge* in meinem Roman vorkommen dürfen.

Viele der Schauplätze dieses Romans wie das Rundhaus, den ehemaligen Freizeitpark Plänterwald oder die genannten S-Bahnhöfe gibt es wirklich. Bei manchen kann das Betreten illegal oder gefährlich sein. Andere Orte – insbesondere *Freiraum Friedrichshain* – sind frei erfunden.

Sämtliche im Roman vorkommende Personen, Geschehnisse und Caches sind fiktiv. Eventuelle Ähnlichkeiten sind zufällig.